WANSUKE

わんすけ先生、消防団員になる。

小石川一輔

もくじ

第2章 鉄ちゃん家族とマーニーさん

第3章 ご近所さんの店じまい

第4章 東京下町を歩く、走る

第5章 下町情緒：江戸から明治・大正の風物詩

第6章　遠い時間、子供たちの未来

第7章　この街と暮らす

2022年9月28日(水曜日)

携帯電話のランプが点滅している。着信があったようだ。

9月28日15時09分。発信元は、03-☆☆☆☆-0119。

スマートフォンの画面を開いて、留守番電話の再生ボタンを押した。

「本田消防署、消防団担当の者です。

第11分団の石川分団長様から、入団願いのほうをいただきました。その件で、お電話させていただきました。また、追ってご連絡をさせていただきます。失礼いたしました」

先週、地区リーダーの金井さんに手渡した「本田消防団　入団申込書」は、無事に受理されたようだ。

オープニング 幕開け

わたしの名前は、小石川一輔《こいしかわいちすけ》。

先日、古希《こき》を迎えたばかりである。まったくの自己評価ではあるが、この年齢にしては頭脳明晰《ずのうめいせき》。体もいたって丈夫だ。

小石川の下の名前は、本来ならば「いちすけ」と読んでほしいのだが、家族や学生たちからは、「わんすけ（先生）」と愛称で呼ばれている。

都内にある大手私立大学の教授職に就《つ》いて35年になる。専門は、経営学。サイドビジネスで、経営コンサルタントの仕事もしている。この3月に大学を定年退職して、名誉教授の称号をいただいた。

趣味はマラソンで、好きな食べ物は、寿司、うなぎ、そして天丼。

45歳で走り始めたマラソンは、年齢を経るにしたがって本格的に取り組むようになった。ちょうど10年前に、47都道府県のハーフマラソンのレースをすべて、2時間以内で走り終え、「国盗《くにと》り」を達成した。ちなみに、「国盗り」の達成者は、全国でも数えるほどしかいないらしい。

この物語は、わが家の引っ越しと、それに続く下町での生活を綴《つづ》ったものだ。

4年前、わたしたちは都心から電車で約1時間のところにあるニュータウンから、柴又《しばまた》帝釈天《たいしゃくてん》近くにある葛飾《かつしか》区の二世帯住宅に移住してきた。

同居家族は、わたしたち夫婦に、次男・将暉《まさき》の家族4人。それに、都内の某有名百貨店から身請けしてきた「招き猫のマーニー」を加えて、7人家族。猫のマーニーが、わが家の一員になった顛末《てんまつ》については、いずれ話すことにする。


わが家がこの街に引っ越してきたのは、御年《おんとし》88歳になる義母が、同じ葛飾区高砂《たかさご》1丁目の高齢者住宅で独り暮らしをしていたからだった。

東日本大震災の年に連れ合いを亡くしてから11年。義理の母は少し耳が遠くて足が不自由だ。ここに来る3年前の夏に家の中で転倒して、右の大腿骨《だいたいこつ》を骨折していた。

かみさんが母親の窮状を見かねて、わたしに下町移住の提案をしてきた。

彼女にとって、この移転話は渡りに船だった。というのも、20歳のときにわたしと結婚して、千葉県市川《いちかわ》市の中古マンションで暮らし始めたのだが、そこから住民票は千葉県民のままだったからだ。

3人の子供たちを育てるため、手狭《てぜま》になった市川のマンションから、千葉ニュータウンの新築一戸建てに引っ越すことになった。

移転先は、千葉県印旛《いんば》郡白井《しろい》町（現白井市）、梨で有名な町だ。35年前の春先のことである。のどかな池のほとりの一軒家で、裏庭からは梨の白い花が咲いているのが見えた。近くの調整池には、冬になるとシベリアから白鳥が飛来してきた。

大学や故郷の友人たちには、ガリ版刷りの葉書《はがき》で転居通知を出した。生まれて初めて町民になったので、さだまさしの『関白宣言《かんぱくせんげん》』に倣《なら》って、「町民宣言」をしたのだった。

ずっと後《のち》になってから知ったことだが、そのとき都民から市民へ、さらには町民に都落ち、したかみさんは、固く心に誓ったのだそうだ。

「いつの日か、東京都民に戻れる日が来るのを夢見て。いまは我慢のときよね」（涙）

2018年10月30日、わたしの67歳の誕生日から1週間後に、40年来の彼女の夢は実現することになる。

次男たち4人は、習志野《ならしの》市津田沼《つだぬま》の社宅から荷物を積み込んで、わたしたち夫婦は白井からトラックを借りて、二世帯同時の引っ越しになった。

新型コロナウイルスの感染が拡大する直前のことで、その日は、猫のマーニーの手も借りたいほどの慌《あわ》ただしい引っ越しだった。

招き猫1匹と一緒に、わたしたち家族の下町生活が始まった。

小石川家　家系図

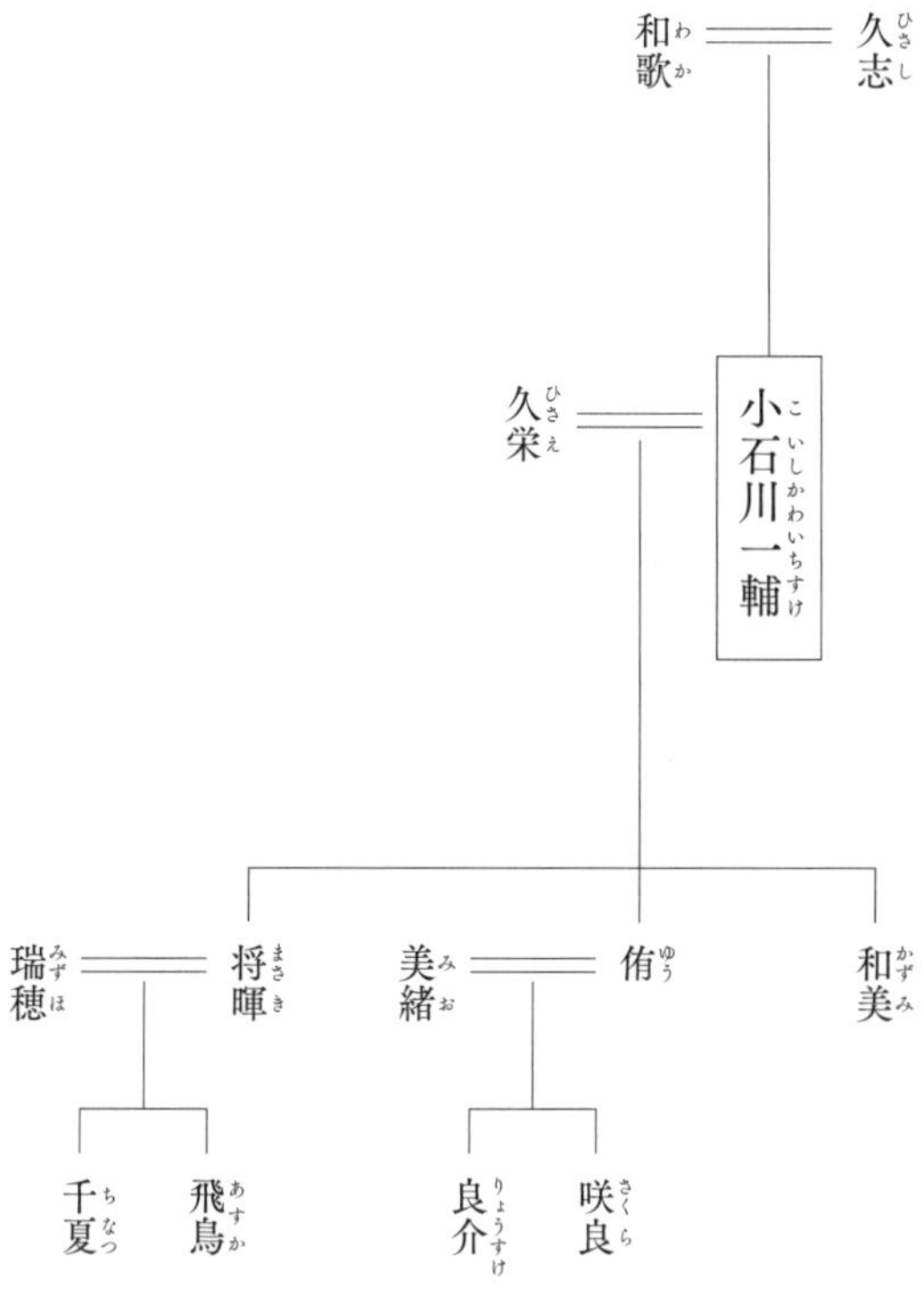
久志《ひさし》
和歌《わか》
小石川一輔《こいしかわいちすけ》
久栄《ひさえ》
和美《かずみ》
侑《ゆう》
美緒《みお》
将暉《まさき》
瑞穂《みずほ》
咲良《さくら》
良介《りょうすけ》
飛鳥《あすか》
千夏《ちなつ》

第1章

下町生活に馴染む

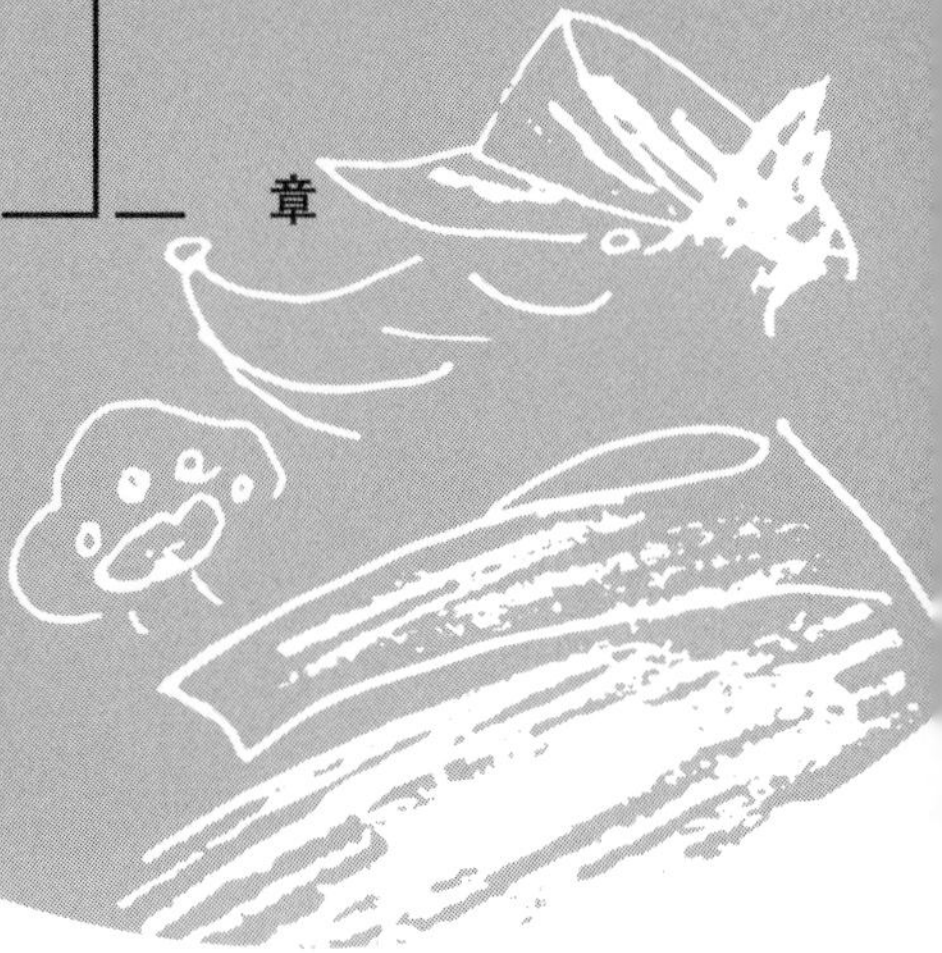

２０１８年11月7日（水曜日）

1 亀有警察署から〝両さん〟が巡回訪問に来る

ピーン、ポーン！

玄関のインターフォンが鳴った。

朝の9時ごろ。1階リビングのパネル画面に、警察官らしき人物が映っている。

「亀有《かめあり》警察署のものですが、引っ越しされたと伺《うかが》いましたので……」

「こち亀」（『こちら葛飾区亀有公園前派出所』）の両《りょう》さん（両津勘吉《りょうつかんきち》）に似た警察官が、玄関下の道路脇に、自転車を降りてのっそりと突っ立っている。

連想ゲームで、思わず吹き出してしまいそうになった。「こち亀」の両さんのようにゲジゲジ眉《まゆ》ではないが、いかにも下町にいそうな優しい風体の制服姿の警察官。

そうか！　ここ高砂は葛飾区で、亀有警察署の管轄《かんかつ》なのだ。

両さんがわたしに差し出したのは、「巡回連絡カード」だった。住所と同居人の性別・生年月日を記載するだけのカードである。わが家について、すでに調べはついているようだった。

「二世帯住宅でしょうから、息子さんの分も置いていきます」と両さん。「息子家族の引っ越しは12月になるので、回収は1カ月先になりますよ」とわたしから伝えてみた。

それでも、なんの問題はないらしい。巡回中に寄ってみたらしく、ほんわかした雰囲気のおまわりさんだった。

本名は、平山克之《ひらやまかつゆき》さん。調査票の担当者欄に、名前が書いてあった。亀有警察署の亀田橋駐在所のおまわりさんだ。

ちなみに、「こち亀」のモデルになった「亀有公園前派出所」は、葛飾区には実在していない。


わが家を訪問する前に、近所から事前に情報を収集したのだろう。

「お医者さんだと伺ってますが……」と平山巡査。

「いや大学の教員ですよ」と名刺を差し出すと、照れ笑いをしながら恐縮していた。

土地を取得したときと、住宅を着工し始めたとき、そして引っ越しが終わったあとの3回ほど、近所に挨拶回《あいさつまわ》りをしていた。情報は、そのときにまちがって伝わっていたらしい。

名刺を渡して歩いた際に、大学教授が医者に化けてしまったと思われる。世間的には、教授も医者も似たような職業なのだろう。立ち話で、平山巡査からとてもよい話を聞いた。

「この辺りは、葛飾区でも110番のコールが少ない場所なんです」

つまり犯罪とか空き巣とかが、ほとんどない地区だということなのだ。ちょっと安心したので、家族LINEにそのことをアップした。

白井に住んでいたときは、都内まで毎日の通勤時間が長かった。ふたりとも仕事で遅くなると、真っ暗闇の中を帰宅していた。

かみさんは、ひったくりにあったこともあり、怖がってタクシーで帰ることが多かった。その心配はもうない。親切な平山巡査も、葛飾区高砂地区では頼りになりそうだ。

「古くからの方が住んでらっしゃいますから、町内会もしっかりしてます。早々に入られたらいかがでしょうか」

平山巡査は町内会の勧誘もしてくれた。ありがたいことだが、この地区は、相互監視が行き届いているということなのだろう。

ここ葛飾区に移住してきて、とても驚いたことがあった。それは、ゴミの分別《ぶんべつ》が緩《ゆる》いことだ。

千葉県に住んでいるときは、可燃ゴミ以外に、ビン・缶、プラゴミ、燃えないゴミなど、分別のカテゴリーがかなり細かかった。さらに、ゴミの種類で出す日がちがっていた。いちいち覚えるのが大変だった。

ところが、東京都はゴミ出しに関しては楽勝なのだ。

「東京都には強力な火力の焼却炉があるので、何でも燃やせるのです」と誰かから聞いた記憶がある。江東区《こうとう》の森下《もりした》に書斎を構えていたときだったと思う。

そんなわけで、わたしの部屋には、ゴミ箱は1種類しかない。千葉の書斎には、わたしの部屋だけでゴミ箱が3種類もあった。


住む場所がちがうと、かくもルールがちがうものだ。いまさらながらなんだが、結果として、わりに安全な場所に移住してきたことには感謝である。

江戸川と中川放水路に挟まれた一帯は、海抜1mで地盤が緩い。葛飾区のハザードマップでは、この一帯は液状化の危険のある場所とされている。

ところが、わたしたちが住んでいる8丁目は、三角の形をしている。「不思議な小さなトライアングル」と呼ばれている一帯は、ここだけが液状化しにくいエリアになっているらしい。

幸いにも、神様に守られている場所に移住してきたのだった。

2 柴又帝釈天、草団子の「大和家」

――2018年11月12日（月曜日）

「おばさん、この店の閉店は何時だっけ？　いつもの両餡《りょうあん》が欲しいんだけど。土手から戻ってくるまで、店を開けておいてもらえないかな？」

柴又帝釈天の参道入り口にある「大和家《やまとや》」まで、名物の草団子を買いに自宅から走ってきている。

自宅から帝釈天までは約1㎞。時間にして6～7分。帝釈天裏の江戸川の土手までは、参道の入り口から往復で15分くらいだ。

「店を閉めるのは5時。あと15分ね。

でも、大丈夫。わたしたち、50年前からここに住んでるから、逃げも隠れもしないわよ。土手から戻ってくるまで、ずっとあんたを待っててあげるから」

「草団子を買いに、高砂から柴又まで走ってきた」とわたしが事情を説明すると、ベテランのリーダーらしきおばさんが、笑いながら答えてくれた。

店先で草団子を手際よく折に詰めてくれている3人は、まちがいなく70代後半である。柴又は、元気なお年寄りたちが働いている街である。

参道に立ち並んでいる草団子や漬物の店は、店じまいが早い。夏場でも6時前に、冬場になると夕方5時には、ほとんどの店がシャッターを降ろしてしまう。

おばさんは、時計を気にしているランナー（わたし）を横目で見ながら、店じまいの支《し》度《たく》を始めている。のんびり参道を歩いている人の中で、マラソンレース用のサングラスにジョギングパンツ姿のわたしは、かなり浮いた存在である。

大和家は、明治26年創業の老舗《しにせ》である。映画『男はつらいよ』のロケのとき、山田洋次《やまだようじ》監督や主演の渥美清《あつみきよし》さんも好んで食べたという、独特の甘いたれの天丼で有名である。

店からは、たぶん衛生上の理由で、天丼をテイクアウトできない。なので、わたしはもっぱら草団子のお客さんになっている。

参道には、草団子を売る老舗が軒を連ねている。「門前《もんぜん》とらや」、「亀家本舗《かめやほんぽ》」、「高木屋《たかぎや》老舗《ろうほ》」など。それぞれの店が草団子の味を競っているが、わたしが大和家さんを贔屓《ひいき》にしているのは、「両餡」の存在である。

テイクアウトの草団子はセットで注文しなければならない。一番数の少ない18個入りが600円。つぶ餡と、こし餡のどちらかを選ぶことになる。

わが家の場合、わたしは「こし餡派」で、かみさんは「つぶ餡派」である。そのため、夫婦のどちらかが妥協して相手にあんこを譲るか、小さな18個入りを2セット注文することになるのだが、年寄りふたりで2箱は食べ切れない。


ところが、あるとき、大和家さんには、この問題をうまく解決する特別なセットがあることを知った。

「迷っているのなら、両餡ってのがあるよ。うちだけ特別なんだけど、こし餡とつぶ餡を半分ずつ、どっちにも入ってるのよ」

リーダーのおばさんからの親切なアドバイスだった。そうか、ハーフ&ハーフという手があったんだ。

とても感激したのだが、大和家さんは商売が上手《じょうず》だった。両餡のサービスは、24個入りの840円のセットからなのだが、両餡のことを知ってから、わたしは大和家さんの得意客になった。

江戸川の土手を走って、帝釈天の参道に戻ってきた。

時刻は5時15分。参道の入り口付近では、あんみつの「船橋屋《ふなばしや》」と大和家の店だけが開いている。

「すいません。遅くなってしまって」とおばさんに謝った。

「はい、24個入り、両餡のセットを用意しておいたわよ」

ガラスケースの中の草団子は、きれいさっぱりどこかに片づけられている。シャッターも半分ほど閉まっていた。

おばさんに千円札を渡して、草団子の包みと釣り銭を受け取った。そのまま帝釈天にお参りすることにした。

5時を過ぎているので、帝釈天の人影はまばらだった。この時間になると、参道の店で開いているのは、「川甚《かわじん》」や「川千家《かわちや》」、「ゑびす家《えや》」など川魚料理の店だけになる。

千葉から東京の下町に移って3週間になる。そろそろ、川甚か川千家でうなぎを食べたいと思っていたところだった。

ジョギングで帝釈天の近くを走っていると、うなぎを炙《あぶ》る匂いが参道に漂ってくる。お腹《なか》がすいてくる時間帯だった。しかし、今日は走ってきたので、うなぎを食べるほどのお金を持っていない。

先ほど草団子を買ったときの釣り銭が、ランニング用のポシェットに残っている。お参りしたとき、釣り銭を賽銭箱《さいせんばこ》に投げ入れてみた。

願いごとは、家族の健康のこと、自分の仕事のことなど。いつも頼みごとは、「招き猫のマーニー」に依存している。たまには、ほかの神様にお願いしてみてもよいかも。そう思って、帝釈天にお参りしてみたのだった。

新しい生活を始めると、それまで知らなかった風景に出会うことになる。いままでもそうだった。しかし、いまこの瞬間は、自分がフーテンの寅《とら》さんになってしまっている。

草団子を抱えているので、往路のようには走れない。復路は柴又駅から電車に乗って帰ることにした。

柴又駅の駅メロは、松竹映画『男はつらいよ』の主題歌だ。

♪俺がいたんじゃ　お嫁にゃ行けぬ
わかっちゃいるんだ　妹よ
いつかおまえの　よろこぶような
偉い兄貴になりたくて
奮闘努力の　甲斐も無く
今日も涙の
今日も涙の　日が落ちる　日が落ちる

夕刻時に、目的もなしにふらふら街中を歩いている。これまでの郊外の生活ではありえなかったことだ。
この街では、まったりと時間が流れている。

3 ベーカーさんのパーシモン（渋柿）

２０１８年11月6日（火曜日）

そろそろ3階から、ピザの焼ける匂いに誘われて、次男の家族4人が1階に降りてくる時間だ。

今夜は、二世帯6人の合同食事会だ。4歳の飛鳥《あすか》は、高砂に引っ越したあとでも、津田沼の幼稚園に通っている。津田沼組は、来年3月までの4カ月間は、高砂と津田沼の二重生活が続く。

それでも、週末は同居家族となって夕食で合流する。今夜は、かみさんが、次男の家族にカリフォルニア仕込みの「マギーズ・ピザ」を振る舞うことになっている。かみさんのピザは、嫁さんの瑞穂《みずほ》の大好物のひとつだ。

米国から持ち帰った直径14インチのピザを焼くために、白井の家を新築したときに、業務用の大型オーブンを購入した。友人や学部生を千葉の自宅に呼んで、マギーズ・ピザで食事会を開くためだった。あまりに頻繁《ひんぱん》にピザを焼いたので、大盤のピザパン3枚は、たちまちのうちにピザカッターで傷だらけになってしまっている。

全員がテーブルに着くと、焼き立てのピザをかみさんがピザカッターで切り分けてくれた。わたしは、サラダボウルに入った色鮮やかな野菜を、めいめいのプレートにトングで取り分けた。

「パン屋さんにいるみたい。いい匂い」

匂いフェチの飛鳥君が、久栄《ひさえ》シェフ、つまりは、かみさんの近くに寄っていく。

朝早くからパン生地をこねていたので、イースト菌が発酵《はっこう》する何とも言えないよい匂いが漂っている。午前中いっぱいは、この匂いが1階のリビングルームに充満していた。

焼きあがったいまは、ピザが焼ける匂いと、目の前でとろとろに溶けたチーズとソーセージのトッピングが食欲をそそる。

「ひさえさんのピザ。とっても美味《おい》しそう」

わが家では、大人も子供も、全員がお互いをファーストネームで呼び合う。嫁さんは「みずちゃん」で、かみさんは「ひさえさん」だ。

みずちゃんがマギーさんのピザを飛鳥に手渡している。好き嫌いがほとんどない彼は、何でも美味しそうに食べる。1歳半の千夏《ちなつ》は、母親のみずちゃんからピザの耳をもらって上手に食べている。

わたしは、遥《はる》か昔のある情景を思い出していた。

場所は、サンフランシスコ湾を見下ろす坂の途中にある、マギーさんのご自宅。カリフォルニア大学（ＵＣ）バークレイ校の元秘書だったマギーさんは、友人で図書館司書のジョイスと一緒に暮らしていた。身寄りのない女性ふたりが同居して暮らすライフスタイルが存在することを、わたしはカリフォルニアで初めて知った。

わたしの3人の子供たちにとって、マギーさんのピザはソウルフードである。子供のときに食べた料理と味覚体験は、一生ものだと言われている。味覚だけではない。視覚と嗅《きゅう》覚《かく》もその後の食生活に影響を与えるらしい。

いま大手惣菜《そうざい》メーカーで開発のシェフをしている長男もそのうちのひとりだ。留学時に2歳だった長男の侑《ゆう》は、マギーさんの膝に抱かれて眠っていた。かみさんが唯一の生徒だった「マギーさんの料理教室」で、米国の南部料理のレッスンを、子守歌のように聞いていたのだろう。

1982年8月から1984年7月までの2年間、米国カリフォルニア州バークレイ市で暮らした。都内の私立大学に助手として採用されて5年目だった。留学先として米国西海岸を選んだのは、気候が温暖だったからだ。留学先のUCバークレイ校は、文化的に先鋭的な大学だった

米国生活でお世話になった友人の中で、わたしたちにとって忘れることができないふたりがいる。先ほどから登場しているマギーさんとその友人のベーカーさんだ。

ベーカーさんはユダヤ系の米国人で、日本の総合商社のサンフランシスコ事務所に勤めていた。日系企業に勤務していることもあり、きわめつきの日本通だった。そんな事情もあって、わたしは隔週のペースでマギーさんとベーカーさんに日本語の家庭教師をしていた。

その反対で、わが妻は、マギーさんから、ケージャンと呼ばれる米国の南部料理を習っていた。フランス料理の流れを引く南部黒人料理である。

基本はフレンチである。ただし、実際には、米国南部で収穫できる食材、たとえば、オクラとかナマズ、ガンボーフィレなどを料理に使用していた。だから、本来のフレンチとはかなりちがうレシピになっている。ジャンバラヤ、パエリヤ、ガンボー、ナマズのフライなど、初めて体験したときは、不思議な料理に感じた。

甘いお菓子なども、かみさんが後生大事《ごしょうだいじ》に抱えている「セピア色のレシピ手帖」の中にいまでも残っている。再現してほしい料理がたくさんある。

そんな楽しかったカリフォルニアの時間の中で、忘れられない食体験があった。それは、留学2年目にオークランドの一軒家に移ってからのことだった。

ある日のこと、ベーカーさんがわが家にたくさんの渋柿《しぶがき》を持参してくれた。もちろん渋柿はそのままでは食べることができない。渋くて固かったからだ。

ベーカーさんのアドバイスで、オークランドの借家のダイニングの窓辺に渋柿を並べて置いておいた。かみさんの記憶によると、北側の窓際だったらしい。

何週間か経《た》つうちに、最初は固かった渋柿がだんだんと熟して、色も赤みを帯びてきた。皮の上からそっと触れてみると、中身がぷにょぷにょのゲル状になっている。もう食べられそうだ。そう思ったら放置はできない。

「時期がきたら、スプーンですくって食べられるようになりますよ」とベーカーさんが予言してくれていた。

1カ月くらい経ってからだったと思う。渋柿を窓辺からテーブルに移して、柔らかくなった皮にスプーンを突きさしてみた。あらあら不思議なことが。とろとろになったパーシモンの実が、とろけるようにわたしたちの口腔《こうこう》を満たしてくれた。お菓子のように、あまーい柿の実だった。

日本に帰国してからも、何度となく柔らかい柿の実を食することがあった。しかしそれでも、ベーカーさんの渋柿を超える食味のパーシモンに出合うことはない。

とろっとしたデザートのような柿の実。なぜなのだろう。いまでも、その不思議さに戸惑うことがある。オークランドの家のテーブルで食べたベーカーさんの柿には、どんな処置が施されていたのだろう。

ベーカーさんもマギーさんも、ずいぶん前に亡くなっている。いまや真実は知りようがない。

いまできることと言えば、せいぜい高砂の新居で、ベーカーさんの実験を再現してみるくらいのものだ。

実はいまキッチンのカウンターに、家庭菜園をやっている実弟が届けてくれた、柿の実が2個、隣り合わせに並んでいる。

高砂の1階のダイニングは、吹き抜けになっている。天気がよいと、2階からお日様が差してくる。1階の窓辺で上からの陽光を浴びて、1カ月後には、もしかすると渋柿が熟してくるかもしれないのだ。

あのぷにょぷにょの甘い柿のテクスチャーが忘れられない。いまからそれを期待しては、失敗したときに落胆するリスクが大きいだろうか。

4 庭師の雄太郎さん、自信満々に「素敵な庭ができますよ」

2018年12月1日(土曜日)

新居の庭の設計と施工は、山田さん親子が経営している造園設計施工会社にお願いしようと決めていた。お父様の山田茂雄《やまだしげお》さんは、同郷の秋田県出身で、著名な造園家である。

だが、わたしたちが葛飾区高砂に購入した敷地はとても狭かった。特急電車の停車駅で、徒歩4分の駅近であることを優先させた結果である。

敷地面積は38坪。建ぺい率が60%なので、3階建てとはいえ、庭のために活用できる面積はそれほど大きくはない。ベランダを含めてせいぜい3坪ほどの広さだった。

そのうえ、二世帯ともに駐車場を持ちたいと希望していた。葛飾区高砂は、東京都の東側にあるが、案外と便利な場所である。

買い物も、歩いて行けるところにヨーカ堂やダイエーなど、いくつものスーパーがある。だから、2台分の駐車スペースを確保することなどは、ずいぶんと贅沢《ぜいたく》なことだと思う。

そんなわけで、最終の設計段階になって、庭のために利用できる敷地は、南側の和室の外の空間だけになってしまった。

予想していたように、わずか3坪ほど。リビングとわたしの書斎兼寝室の窓外の細長いスペースと合わせても、全部で5坪にも満たない。この狭い空間で、どのように樹木や植物を配置するのがよいだろうか？

その狭隘《きょうあい》な空間を現場で見た息子の雄太郎さんは、それでも悠然《ゆうぜん》と構えて腕組みをしていた。そして、「素敵な庭ができますよ」と自信満々で応《こた》えてくださった。

わたしが作庭《さくてい》を依頼したことを忘れそうになったころ、雄太郎さんからメールで簡単な庭の完成予想図が届いた。色鉛筆で描いたスケッチのような、小さな庭の見取り図である。

そのパース（完成予想図CG）には、ウッドデッキの向こうに、デッキと同色の木製のフェンスが配置されていた。ヒノキの板塀《いたべい》を背景にして、こぢんまりとした雑木林風《ぞうきばやしふう》の庭に仕上がっていた。

細長い坪庭の設計図を見て、かみさんは、「素敵な絵になってはいるわね」と怪訝《けげん》そうな反応を示した。彼女は、山田さん親子が実際に設計した庭を見たことがない。見たことがない人にとって、完成予想図面は「絵に描いた餅《もち》」にしか見えなかったのだろう。

しかし、北秋田の自然の中にある「森のテラス」や「ダリア園」、文京区にある「庭のホテル」の植栽を実際に見てきたわたしには、完成図はとても興味深かった。狭いけれど、案外と素敵に設計されているのかもしれない。

途中経過は省略するが、庭の工事は明日で終わる。ウッドデッキと植栽の工事はすでに完了している。あとは、隣のアパートに張り出した植木の剪定《せんてい》と、ライトアップのための電飾の設置作業を残すのみ。

想像していた通りで、わが家の庭をとても素敵に仕上げていただいた。知り合いの何人かに、完成したデッキと板塀、植栽の画像を送ってみた。庭と室内の鉢物がコーディネートされている様子を見てもらいたかったからである。

わたしの誕生日に、お祝いの花を届けてくださった自由が丘の花屋さんからは、メールで丁寧《ていねい》な感想をいただいた。

「植栽によってだいぶ変わるのですね。もみじが紅葉していて、大変素敵です。塀とベランダの床がすべてマッチしているところが素晴らしいと感じました」

お花を届けてもらったタイミングが、引っ越しの1週間ほど前だった。新居には家具も置いておらず、リビングルームはずいぶんと殺風景だったはずである。

庭を設計する前提として、山田さんには、室内のインテリアやインドア・プランツと窓外の植栽を一体化してデザインするように依頼していた。1階の居住空間も室外の庭も狭いので、トータルで植物を配置したいという期待通り、いや、それ以上に見事に庭が仕上がった。

持つべきものは、いい庭師さんである。でも、この先はきっと、庭の手入れが大変になるのだろうな。そう感じて、今後のメインテナンスを大いに心配している。

5 水元公園、下町に残された緑豊かな自然

――2019年1月5日（土曜日）

年が明けてから、ジョギングの途中で撮影した写真を、LINE仲間や友人・知人たちに送っている。

河川敷《かせんじき》の土手からスカイツリーに落ちていく夕陽《ゆうひ》、水元公園《みずもとこうえん》のメタセコイアの林、水辺に浮かんでいる鳥たちを撮った写真だ。画像を見た友人たちからは、「えっ、ほんとですか。これが東京？」と驚きの言葉が返ってくる。

わたしから送られた風景写真をアルバムにしてくれた中学校の同級生がいたり、木漏れ日の杜《もり》の写真を待ち受けの画面に採用してくれたゼミ生もいる。

自称「アマチュア写真家」としては、ほめてもらえて誇らしいのだが、そもそも都内にこんなに素晴らしい自然が残されていることが奇跡のようなものだと思っている。

実は移住先を探すためにもっとも重視したのは、マラソンの練習コースが確保できることだった。

信号に捕まらずに、3~5kmを連続して走れることが絶対的な条件だった。そして、できれば自然環境に恵まれた公園や水辺をゆったりと走れること。このふたつの条件を満たす場所を探すのは、案外と難しかった。

引っ越しの2年前に、ジョギング仲間と水元公園を練習で走ったことがあった。静かな水辺とこんもりと茂った森があって、ランニングのコースとしては快適だった。

公園の外周は5kmくらい。もちろん信号で走りが中断されることもない。中央広場や公園の入り口を起点に、複数のジョギングコースも選択できる。休憩施設や売店も完備している。

最寄り駅は、常磐線《じょうばんせん》の金町駅《かなまちえき》。ただし、毎日の通勤を考えると駅から遠いことが難点だった。金町駅まではバスか、自分で自転車をこぐしかないだろう。雨の日は通勤が大変そうだ。

そんなわけで、結構仕事が忙しいわが家にとって、水元公園周辺の住宅地は、住む場所としては最初から選択肢には上らなかった。

ところが、葛飾区高砂に土地が見つかったとき、わたしの脳裏を最初によぎったのは、「水元公園まで走って何分で行けるだろうか」だった。

新居の候補地から柴又帝釈天までは1㎞、歩いて15分ほど。走れば6～7分。河川敷に出て土手伝いにうまく道を選べば、水元公園の入り口までは3㎞ほどだ。高砂から水元公園までは、距離にして約4・5㎞。30分以内で到達できる。気持ちよく走れるコースが家の近くにあるという要因は、移住先を選ぶ条件として決定的だった。

江戸川の土手はフラットだ。やや風が強いことを除けば、ランナーにとっては天国のようなものだ。水元公園にも近い。孫たちと一緒に暮らすことになるのだから、江戸川の河川敷や水元公園の広場で、正月には凧揚《たこあ》げができる。移住後の生活プランが明確にイメージできた。

新居に移って、落ち着いてきた12月初旬から、江戸川の土手を走ることが習慣になっている。

例年、箱根駅伝《はこねえきでん》の選手に刺激されて、2日間だけは長い距離を走ろうとするのだが、毎年のことで、これが一週間とは続かない。ところが、今年は「駅伝ブーム」が去っても、毎日のように走れている。夕方になると風が冷たくなるが、犬の散歩やジョギング仲間が多数いるので、モチベーションアップには心強い。

長い距離を走れているのは、男子ふたり（長男と次男）がマラソンに復帰しているからだ。長男の家族4人が、暮れから正月にかけて、仕事を兼ねて神戸からわが家に泊まりにきていた。

長男の侑は、昨年末から自宅のマンションから会社まで通勤ランをしている。高砂滞在中にも、毎日の早朝6時ごろに起きだして、江戸川の土手まで走って帰ってきていた。

神戸に戻る前日の2日には、対岸の矢切《やぎり》の渡《わた》しまで走っていって、夕陽がきれいに見えるスポットを発見してきた。

北総開発鉄道が江戸川を渡る鉄橋の先、市川市の里見公園《さとみこうえん》の土手近くで、東京スカイツリーと富士山が重なる場所があったようだ。富士山を背景に、スカイツリーの上に落ちていく夕陽の写真を家族LINEにアップしていた。

そのついでに、翌日の日の入りを調べて、その時刻（16時37分）を新幹線の中からわたしに報告してくれた。

わたしは、帝釈天裏の土手まで走っていって、スカイツリーに落ちていく夕陽を、長男とは違う角度からフォトシュートしてみた。その画像をインスタグラムにアップしたり、友人たちに送信したわけである。

翌日、亀有で銀行振込の用事を済ませて、文字通りその足で水元公園まで足を延ばした。中川公園を通って、水元公園の正面ゲートに到着した。

水元公園は面積が約96ヘクタールで、都内随一の水郷公園である。１９６５年の開園だが、ここ数年で公園内が整備された。

時刻はすでに午後4時を回っている。日の入りまではあと30分ほどだ。夕陽が落ちていくまで、公園内をゆっくりと走ってみることにした。

メタセコイアの林には、もう太陽が落ち始めている。走っていても、日陰に入るとやや肌寒い。長い距離を走ってきているので、かなり汗をかいている。風邪引きを警戒しなくてはならない。

水元公園の対岸は、埼玉県三郷《みさと》市になっている。対岸を眺めていると、埼玉県側の水辺のほうがにぎやかに感じる。向こう岸の緑地は遊園施設や遊具が充実していて、子供たちの歓声が水面に響き渡っている。

それに比べて、東京都側の公園施設は静かだ。子供の姿は少なく、わたしのような年配者が静かに歩いている。バーベキューの設備もあるので、冬が終わって春が来れば、またちがった風景に出くわすこともあるのだろう。中央広場の上空に舞っている洋凧《カイト》もまばらだった。

中央広場の側道では、アマチュアカメラマンが脚立《きゃたつ》を組み立てている。メタセコイアの林に夕陽が落ちていく様子を、カメラに収めようとしているのだろう。

ランニング用のポーチにスマホしか入っていないが、わたしも同じ姿勢をとっていた。「この木なんの木、気になる木」のCMに登場する大きな樹の陰に隠れて、流れてくる夕陽のビームを狙った。シャッターチャンスは、わずか数分の間で一瞬だ。


水元公園の杜や水辺にしても、江戸川の河川敷の土手にしても、いまも自然の景観がそのままに残されている。

わたしたちがいま見ている東葛飾《ひがしかつしか》の風景は、江戸時代の治水《ちすい》工事が生み出した自然の名残である。かつて大暴れしていた江戸の水系が、いまはこの静かで美しい自然の景色を育んでくれている。

ここは日本で、東京23区の北東の外縁部である。この雄大で美しい景観が、ほとんどの都民には知られていない。

四季折々の景色を楽しむことができるのは、埼玉県三郷市と千葉県松戸《まつど》市の市民に限られる。

そして、わたしのような新参者がここにやってきて、偶然にもこの風景の恩恵に浴することになった。水元公園を知る都民が、ごく一部の葛飾区民だけなのは、とても残念なことだと思う。

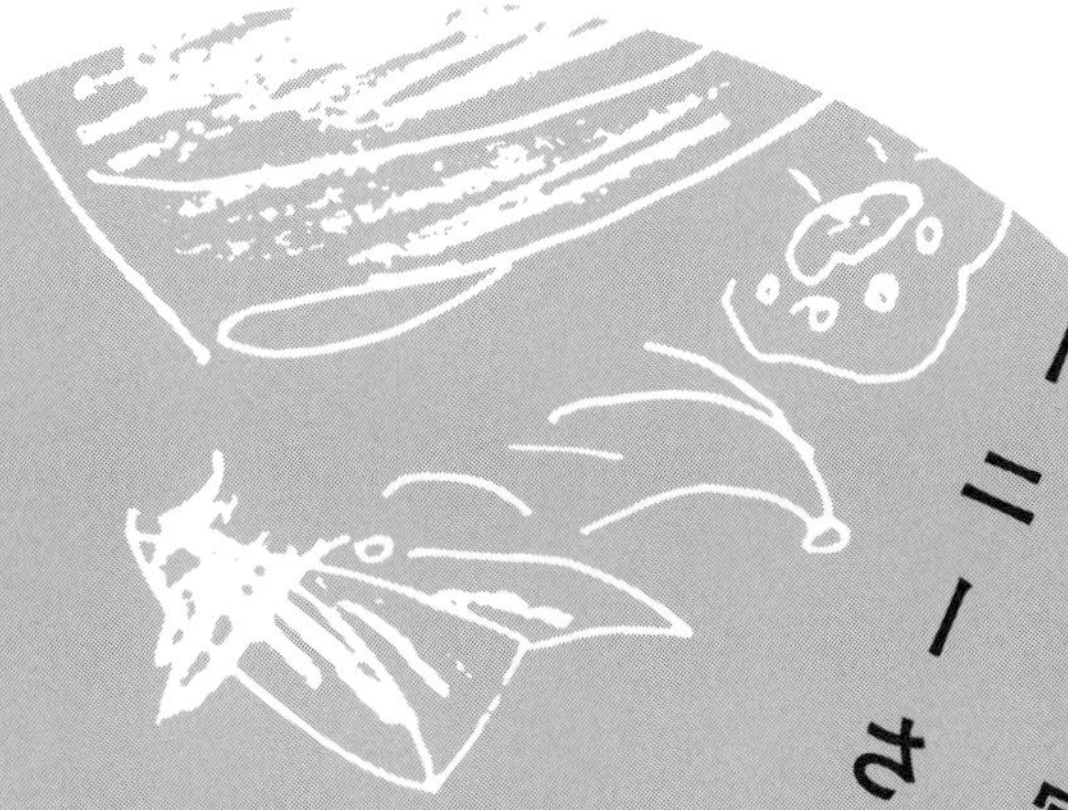

第2章

鉄ちゃん家族とマーニーさん

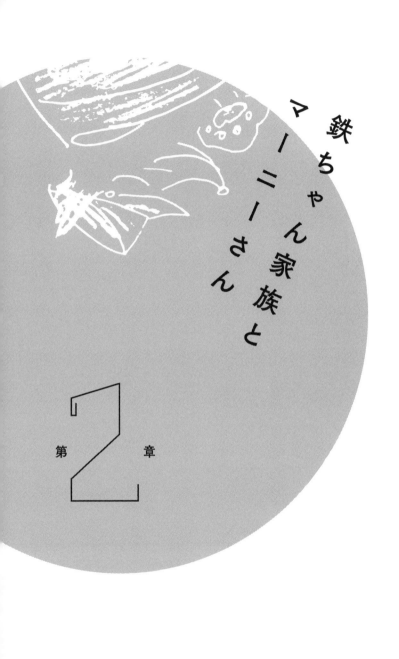

1 昭和の町にやってきた

――2019年7月21日（日曜日）

全国の習慣とは異なり、東京は7月がお盆になる。先週の13日がお盆の入りで、送り日は16日だった。

「南蔵院《なんぞういん》までお墓参りに行くけど、たまには一緒しない？」

南蔵院は真言宗《しんごんしゅう》のお寺で、6年前に亡くなったかみさんの父親と妹のお墓がある。宗教行事に冷淡なわたしに、かみさんが珍しく声をかけてきた。ひさしぶりで、葛飾区立石《たていし》にあるお墓にお線香と花を手向《たむ》けてこようと思った。

昨年から都民に復帰したかみさんは、お墓が近くなったこともあって、墓参りを欠かさない。近くのお寺まで写経《しゃきょう》の会に通っているくらいで、信仰心が半端《はんぱ》ではない。

彼女の熱い信仰心は、わたしにとって尊敬の対象である。わが父が亡くなるまで、自宅に仏壇《ぶつだん》がなかった小石川家とはちがい、かみさんの実家・花村の家は、いまでも宗教行事を大切にする。

立石にあった花村家の旧宅では、仏壇からお線香が絶えることがなかった。3人の子供たちも、「立石の匂いがする！」とお線香で花村の家を認識していた。

近くに柴又帝釈天があるからではないだろう。この町に移り住んでからは、千葉の新興住宅街を歩いているときにはなかった匂いに遭遇《そうぐう》している。

新盆《にいぼん》に入って、柴又帝釈天までの通りを歩いていると、お香の匂いが漂ってくる。わたしたちにとって、それは懐かしい花村の家の匂いである。

わたしは、4歳から6歳までの3年間、秋田の母の実家に預けられた。わたしが生まれたあとで、3人続けて妹と弟が年子《としご》で生まれたからだった。おばあちゃんの袴田《はかまだ》コウは、わたしを孫としてではなく、実子のようにかわいがってくれた。

大きな大黒柱と立派な土間のある農家で、秋田の県北では大きな地主の家のひとつだった。伯父《おじ》が山本町の収入役をしていたので、土地改良の事業などに積極的に乗り出していたからだった。

袴田の家には、大きな仏壇があった。結婚式や葬儀ができるくらい広々とした座敷があって、その隣が仏間になっていた。続きの間は特別な場合でないと使わなかったのだが、その部屋に入ると独特の匂いがした。

仏壇がなかったわが実家とはちがって、線香の匂いが立ちのぼっていたにちがいない。先週、ふとしたことで、そのことに気づいたのだった。人の記憶は町の匂いを媒介《ばいかい》にして、過去の時間に戻っていく。夢からさめたような不思議な感覚だった。

言われてみれば、町には匂いがある。

日本の空港に降り立った外国人は、関空や羽田空港で醤油臭《しょうゆくさ》い匂いを感じとるそうだ。上海《シャンハイ》や北京《ペキン》の空港では、中華料理の素《もと》になっている豚骨のスープのような特別な臭《にお》いに、思わず鼻をつまんで息を詰まらせたことはないだろうか？　韓国の空港は、コンコースを歩いているとキムチの匂いがするような気がする。

日本にいても、似たような経験をすることがある。たとえば、イケアの店舗に入ると、外材を使った木製品から放たれる香りや、ペイントに使われている香料で、米国に住んでいたときの記憶が蘇《よみがえ》ることがある。

その瞬間、ほんの一瞬だが、過去の時間にタイムスリップする。楽しかった昔の時間に、自分が戻りたくなるのだと思う。

いつかこの町に馴染んでしまえば、町の匂いも日常になるのだろう。いまもこの町は、日本の商店街から消えてなくなった懐かしい昭和の匂いがする。

老人たちが商う、揚げ物屋や雑貨屋などが表通りにあるだけではない。この町の路地裏には、豆腐《とうふ》屋さんやお稲荷《いなり》屋さんなどが残っている。バイクの後ろにリヤカーを引いた豆腐屋さんが、夕方になると行商にやってくる。

おじいさんやおばあさんが揚げてくれる、コロッケやとんかつが美味しいからだろう。商売として充分に成り立っている。新参者のわたしたちも、すぐに常連さんとして馴染んでしまう。

住所は東京都なのに、葛飾区はどこか田舎《いなか》の匂いがする。実際に民家の庭では、花や野菜が栽培されているようなのだ。

畑とも庭ともつかない場所からは、母の実家のかやぶき屋根や漆喰壁《しっくいかべ》に沁《し》みついていた堆肥《たいひ》のような臭いが漂ってくる。その臭いは、秋の収穫祭の「ささら踊り」のおどろおどろしい光景を想起させる。踊り手の仮面は、ナマハゲの恐ろしい顔だった。

袴田の家では、夏が終わると収穫の秋がやってきた。そう言えば、収穫後にもみ殻《がら》を焼く煙が、田んぼから村じゅうに流れてきた。

その刺激的な煙にむせて、目ん玉がしょぼしょぼになったものだ。だから、煙が目に染《し》みる感覚は、もみ殻を焼く匂いと堆肥や糞尿《ふんにょう》の臭いと混じって記憶されている。

この町に移ってから、忘れかけていた農家の匂いと、総菜屋さんの揚げ油の匂いや、パン屋さんから漂ってくる香ばしいパンの匂いに出合うようになった。

農業と商業が同居していた「昭和の町」に戻ってきたのだ。下町の縁辺《えんぺん》にある葛飾区での生活の快適さは、どうやら心地よい匂いの記憶とつながっているように思う。

2 京急線、ラッピング車両で家族は騒然

――2019年11月29日（金曜日）

京成線の青砥《あおと》駅は、始発電車が走る駅だ。27日の朝9時58分、青砥駅のホームから「見つけた！」と家族LINEに報告が来た。

次男の将暉が、「すみっコぐらし」のラッピング車両に遭遇したらしい。その緊急連絡に、「おー、すみっコ」と京都にいる長女の和美《かずみ》が反応した。添付されていた4枚の画像は、黄色の車両だった。

昨日のことだ。28日の朝8時26分。今度はかみさんの久栄から、「やったー(ニコニコマーク)、青砥駅で遭遇!」とLINEに投稿があった。三枚の写真には、青色の車両が写っている。

ここで、赤色の車両の写真が揃《そろ》えば、赤・青・黄の三色揃い踏みとなる。

そう話していたら、今度は今朝、29日の8時25分始発の赤い車両の写真が、かみさんから送られてきた。

昨日の夕方に、かみさんが事前に京急線のダイヤを調べてくれていた。本日、11時47分始発の三崎口《みさきぐち》行きが、青砥駅の上りホームに滑り込んでくることがわかっている。

午後13時に品川《しながわ》で、大手コンビニチェーンの子会社の社長会で講演を依頼されていた。京成線は、都営浅草線経由で京急線に乗り入れている。品川行きは、ジャストのタイミングで青砥駅からの始発電車になるのだ。

「すみっコぐらし」は、神戸にいる6歳の孫娘、咲良が大好きなファンシーキャラクターだ。今日は幸せな気持ちで、幸先がよいスタートになりそうだ。あと一時間ちょっとで、青砥駅のホームに「すみっコぐらし号」がやってくる。

先に時刻は確認できているが、さすがに車両の色まではわからない。できれば、青色を期待したい。うーん、京急のブルー車両は一編成しかない。青色のボディカラーは、希《き》少《しょう》なラッキー色なのだ。

かみさんからのコメントでは、「黄色の車両は外側があまりきれいじゃなくて、塗装の下に『ワンピース』の絵がしっかり見えました」

新幹線の運転士をしている次男からは、それに対して専門家としての職業人的なコメントがあった。

「いまの車両はイベントの塗装はシールが主流だから、今回もシールを上から貼ってあるかもね」

お昼ごろに、自宅を出て、高砂駅から青砥駅まで一駅だけ乗って、青砥駅の上りホームをしばらく観察しているつもりだ。ラッピングが塗装なのかシールなのかは、それでわかるはずだ。

車内にも京急仕様のポスターが貼られているらしい。

「すみからすみまで京急キャンペーン」は、音韻的に、キャラクターのネーミングに掛けているのだろうか。

車内の中吊《なかづ》りもすべて、このキャンペーンの告知ポスターだった。「すみっコぐらし一色」にしようということなのだろう。いつのころからか、京急電鉄はキャンペーンの告知が上手になったように感じる。

いずれにしても、「すみっコぐらし」の車両を見ると、みなさん、ほっこりするらしい。世の中の厳しい現実に対して、緩いキャラクターを求める時代になっているのだろう。

それでは（笑）、11時47分の始発電車に乗るため、早めに家を出ることにします。青砥駅で、鉄っちゃん・わんすけは、京急電車の偵察《ていさつ》を始めます。

慌ただしい一日になりそうだ。夕方からは大学院のゼミがある。

本日は、研究室に卒業生が10人も集まることになっていて、早めの忘年会も兼ねている。

3 おもちゃ屋は過去を振り返らない

――2020年2月10日（月曜日）

東京下町には、ユニークなおもちゃメーカーが本社を構えている。葛飾区を代表する企業が、バンダイとタカラトミー。モンチッチの関口は、新小岩《しんこいわ》が本社である。野球盤で有名なエポック社は蔵前《くらまえ》の通りに面した場所にある。

子供のころ、男の子は鉄道玩具の「プラレール」やミニチュアカーの「トミカ」で遊んだことがあるだろう。女の子ならば、リカちゃん人形に洋服を着せて遊んだはずである。

プラレール（1961年発売）とトミカ（1970年）をヒットさせたのが、「(株)トミー」の創業者、富山栄市郎《とみやまえいいちろう》氏である。一方で、トミーの合併相手の「(株)タカラ」は、リカちゃん人形（1967年）を生み出している。

クラシック子供玩具、プラレールやトミカを開発したタカラトミーの本社は、京成立石駅の北口にある。わが家からだと、ふたつ先が最寄駅になる。

1998年の5月に、合併前のトミーの旧本社を、雑誌のインタビューで訪ねたことがある。翌年に、小川孔輔の本名で出版した本にも、そのときの記事を掲載した。

わたしは、昔の仕事を振り返ることは稀《まれ》である。しかし、20年ぶりで、「鉄道玩具のロングセラーブランド、トミーのプラレール」という章を読み返してみて、とてもおもしろく感じた。ここに引用してみよう（原文を、一部修正・編集しています）。

＊＊＊＊＊＊＊＊

流行の移り変わりが激しいおもちゃ業界には、「おもちゃ屋は過去を振り返らない」という格言がある。どんどん売れ筋が変わっていくのが玩具業界の常だからだ。

ところが、プラレールだけは例外である。ロングセラーブランドとして、いまでも長く売れ続けている。プラレールに格言があてはまらない理由は、発売から60年を経過しても、レールの規格と連結の仕組みがまったく変わっていないことによるものである。

次男が25年前に遊んでいたレールを連結すれば、わが孫や従兄弟たちが新規に購入した京浜急行線や阪急電車の新型車両を、問題なく走らせることができる。

それは、プラレールの直線レールの幅と形状がいまでも同じだからである。レール幅は、3・8㎝。新旧のレールを難なくつなぎ合わせることには何の支障もない。

しかし、よくよく観察してみると、新しいレールは昔のものと材質がちがっている。ポリエチレンからポリプロピレンに変わって、変形による曲がりが小さくなっている。

また、新しいレールの走行面には細かな筋が入っているのがわかる。車輪が滑らないように、細かな工夫と改善がなされてきたからだった。日本の製造業の面目躍如である。

＊＊＊＊＊＊＊＊＊（小川孔輔著『当世ブランド物語』誠文堂新光社　1999年）

ところで、次男がプラレールで遊ぶ「電車派」だったのに対して、長男はトミカが好きな「クルマ派」だった。

長男は、生まれてすぐにわたしの米国留学に同行して、カリフォルニアに2年間住んだ。自動車社会の米国では、移動手段が自動車である。クルマ派になったのは、自動車が身近な存在だったからだと思われる。

対照的に、3歳下の次男は電車派になった。鉄ちゃんが高じて、いまは本物の新幹線を運転している。蒸気機関車に乗りたい父親に、小学校に入る前から全国各地のローカル線を連れまわされた結果である。

プラレールのことを連載で取り上げる少し前のことである。

かみさんの知り合いが、トミーの本社工場に勤めていた。わたしたちの間では、「タミちゃんのママさん」と呼ばれていた。

3歳で米国から帰国したばかりの長男は、週末になると、従兄たちと遊ぶために、立石にあるかみさんの実家に遊びに行っていた。すると、縁日でお店が開けるくらい大量の

「まっすぐに走らないトミカ」がタミちゃんのママさんから子供たちに届けられた。最終チェックで合格しなかった不良品だったのだろう。厳格な品質検査ではじかれたトミカでも、子供たちは充分に楽しく遊んでいた。

ところが、あるときから突然、お釈迦《しゃか》になったトミカの配給が途絶えてしまう。調べてみると、1986年にトミーの本社近くにあったふたつの工場が閉鎖されていた。そのタイミングが、トミーが国内生産をやめて、アジアに工場を移転した時期と重なる。それは、長男のおもちゃ箱のストックが増えなくなった時期でもあった。

4 41年目の結婚記念日@「とうふ屋うかい」

2020年2月24日(月曜日)

かみさんが20歳、わたしが26歳のときだった。

1979年2月24日、板橋区常盤台《ときわだい》のバプティスト教会で結婚式を挙げた。秋田の友人で、銀座にある宝飾店に勤務していた友人が、教会での挙式から披露宴まですべてお膳立《ぜんだ》てをしてくれた。

持つべきものは、頼れる友達である。彼なしに、わたしたちは結婚式を挙げることができなかった。


わたしは都内の私立大学の助手で、かみさんは某都市銀行の為替《かわせ》部門に勤めていた。人形町《にんぎょうちょう》支店に勤務していたので、わたしはボーナスをはたいて買った中古のドイツ車で、銀行の近くまで迎えに行っていた。

デートのときに乗っていたのは、13年物のアウディ。ボディカラーがライトグリーンだったので、かみさんの職場で、わたしは「みどりさん」と呼ばれていたらしい。

いまで言う「さずかり婚」である。結婚式には、どちらの両親の姿もなかった。挙式後の披露宴は、寿司屋の2階だった。

両方の兄弟姉妹や高校時代の友人たち、大学や職場の同僚たち30人ほどが集まってくれた。ふつうの結婚式で招待されるはずの親類縁者などはおらず、出席者の平均年齢は25歳だった。

式を挙げてから5カ月先の7月11日に、長女の和美が生まれた。「ずいぶん早産ですね」と、友人たちからしばらくの間は揶揄《やゆ》されたものだ。その後も、さずかり婚の恩恵は続いた。

長女が生まれて2年後に、長男の侑が生まれた。そして、5年後には栗坊主《くりぼうず》のような次男の将暉が続いた。

人間の誕生はそこまでだったが、しばらく間を置いてから、わが家に新たな幸福が舞い込んだ。ある日、都内の大手百貨店を追われた招き猫が、わが家の一員になったのである。

「招き猫のマーニー」がわが家に緊急避難してきた直後に、独り暮らしをしていた次男が若い女性を連れて、白井にやってきた。親子二代の授かり婚の報告だった。

今度は、子供たちの結婚式に両方の両親が招待された。家族の歴史は、そのままの形で繰り返されるわけではない。どこか進化の痕跡《こんせき》を残して、物事は進行するものだ。

あれから、ずいぶんと長い時間が経過した。結婚から41年目。わが両親とかみさんの父親は、もうこの世にはいない。純白のドレスを自らの手で縫いあげたかみさんも、還暦を迎えている。わたしは、古希の手前で逡巡《しゅんじゅん》している。

41回目の結婚記念日。高砂の家で同居している次男夫婦が、昨夜10時ごろに3階から1階のリビングに降りてきた。4人でお茶を飲みながら、結婚記念日の話題になった。その時点では、結婚記念日の夕食をとる場所が決まっていなかった。

「どこにしようか、迷ってるんだけど」と子供たちにアドバイスを求めてみた。かみさんからは速攻で、『『とうふ屋うかい』、どうです？』とリクエストが戻ってきた。とうふ屋うかいは、港区芝公園《しばこうえん》にある料亭である。

最後に、うかいで食事をしたのは、何年ぐらい前になるだろう。庭園を散策しながら、ライトアップされた東京タワーを仰ぎ見て食事をした。少し蒸し暑かったから、夏のころだったのだろうか。

今日は院生指導のために、休日出勤で大学に来ている。市ヶ谷《いちがや》の研究室から、港区芝のとうふ屋うかいに電話で予約を入れてみた。

うかいは、都内に3カ所ある。芝公園のほかに、北八王子（とうふ屋うかい　大和田）と高尾《たかお》（うかい鳥山《とりやま》）の2店舗。「うかい亭」の名前では、横浜などに数店舗あるようだ。

三連休の最終日。当日でも予約は取れそうだった。新型コロナウイルスの拡散で、休日の盛り場に繰り出したり、飲食店を利用する人は多くはないのだろう。今日も、上りの電車が空《す》いていた。

案の定、大広間だが、ふたりの席が確保できた。

予約は夕方5時半からで、料理は「月のコース」をお願いしてある。16時すぎに自宅を出るつもりでいる。

昨夜の時点では、ふたりとも着物で出かけることになっていたが、当日になって、かみさんは乗り気でなくなったようだ。わたしの着物と雪駄《せった》が見つからなかった、らしい。

東京の下町に移って、やりたかったことがある。それは、着物で過ごすことだった。そのために、わざわざ新居の1階には、小上がりの部屋をつくった。リビングの床より、小上がりの空間は30cmほど高くなっている。クローゼット併設の6畳間は、空間としてはやや狭いが、渋い紫色の琉球畳《りゅうきゅうだたみ》が敷いてある。

粋な生き方を求めて、ふたりは下町に移り住んだのだったが、琉球畳の小上がりの部屋は、いまや孫たちのプレイルームと化している。

まあ、しかし、それもいいとしよう。芝公園までのお出かけの着物と雪駄は、そのうちに実現できるだろう。粋を求めるのは、次の機会に繰り延べることにしよう。

5 わが家に「マーニー」がやってきた日

2014年9月3日(水曜日)

子供たち3人を育てたときも、わが家では動物を飼ったことがない。正確に言えば、メダカという例外はあるが、生き物は飼わないことにしてきた。

趣味がマラソンなので、海外でマラソンのレースを走ることもある。海外遠征には、かみさんも同行する。動物を飼ってしまうと、長期の旅行で家を空けられなくなる。

ところが、である。今週の月曜日から、わが家で、猫を飼うことになった(笑)。

その日、都内の某大手百貨店の倉庫で、捨てられそうになっていた「招き猫」を救出してきたのだ。週明けの月曜日(9月1日)、早朝のことである。車に乗せて、この招き猫を(当時住んでいた)千葉の自宅まで運んできた。

名前は、「マーニー」。かみさんが勝手に命名した名前だ。なんだか響きはかわいらしい。身長は約80cm。性別は不詳だが、見た目はどちらかと言えば、男の子に見える。わたしは、ひそかに、「招福亭《しょうふくてい》マーニー」と呼んでいる。福を招く亭で縁起がよさそうだからだ。

マーニーの話は、2週間前からわが家では噂《うわさ》になっていた。まだ無名だったので、わたしたち夫婦の会話では、単なる「大きな招き猫」だった。

某百貨店内で、いろいろとドラマがあった猫らしい。廃棄用のカートに横向きに乗せられて、いかにも苦しそうにしている画像があった。

その画像を、どういう意図があったのか、わたしはかみさんに見せられた。彼女は、きわめて信心深い人間である。縁起物の招き猫が、こともあろうに、廃棄物のゴミとして処分されるのには耐えられなかったのだろう。暗黙裡《あんもくり》に、わたしに救いを求めたと思われる。

週末の金曜日（8月29日）の夜中、同じ職場の同僚との話から、「ねこちゃん、週末に処分される可能性が高い」との情報をかみさんはキャッチしていた。土曜日の朝までに3階の倉庫から救い出さないと、焼却処分の危機が迫っていた。

マーニーがゴミとして処分されてしまわないよう、月曜日の早朝に、わたしが運び出す算段を、百貨店内の人脈をまるごと駆使して完了してしまっていた。親しい同僚の数人は、マーニーの救出活動を支援するためのチームを編成していた。

チームリーダーは、佐藤バイヤー。かご車に乗せられているマーニーを駐車場まで運んでいって、夫のわたしに引き渡すのが彼の任務に決まった。これが土曜日の朝（8月30日）のことである。

月曜日に、都心にある百貨店の地下駐車場まで、夫は車をもって猫を救出しに行かざるを得なくなってしまっていた。

説明するのを忘れていた。「招き猫のマーニー」の風体のことだ。目はでかく、ぎょろ目である。そして、とにかく尻がでかい。

体重は重たそうに見える。しかし、実際のところは、両手で抱えて持ち上げてみると、拍子抜けするほど軽い。体重は10kgくらいだろう。もっとも、いまだに体重計で検量したことはないのだが。

いまは、わが家（白井の旧宅）の14畳あるリビングのソファーの隣に、どんと構えて立っている。招き猫なので、かわいそうだが、ソファーには座れないのだ。ただただ、突っ立っているだけだ。

マーニーは、どうみても安産型だ。子供をたくさん生みそうだ。生きた猫でないので、やれやれである。本物ならば、毎年の春が怖いことになる。

そういえば、マーニーが軽いのは、狸《たぬき》の置き物でよくあるような陶器製ではないからだ。いわゆる、縁日で売っている縁起物の〝張りぼて〟である。

わが家に嫁入りした初日の夕食は、わたしひとりだった。だから、マーニーに、「わんすけの酒」を献杯した。貴重な最後の100ccである。

今年の父の日に、京都に住んでいる娘が、伏見《ふしみ》の酒をプレゼントしてくれた。「わんすけの酒」と、立派な書体で、日本酒のラベルに書いてある。

かみさんの嘆願のおかげで、どうにか命を永らえた「招き猫マーニー」との生活が、始まって3日目になる。今日もわたしはひとりなのだが、リビングにはマーニーがいる。

そろそろ、犬（わんすけ）と猫（マーニー）とで、酒盛りを始めることにするか。

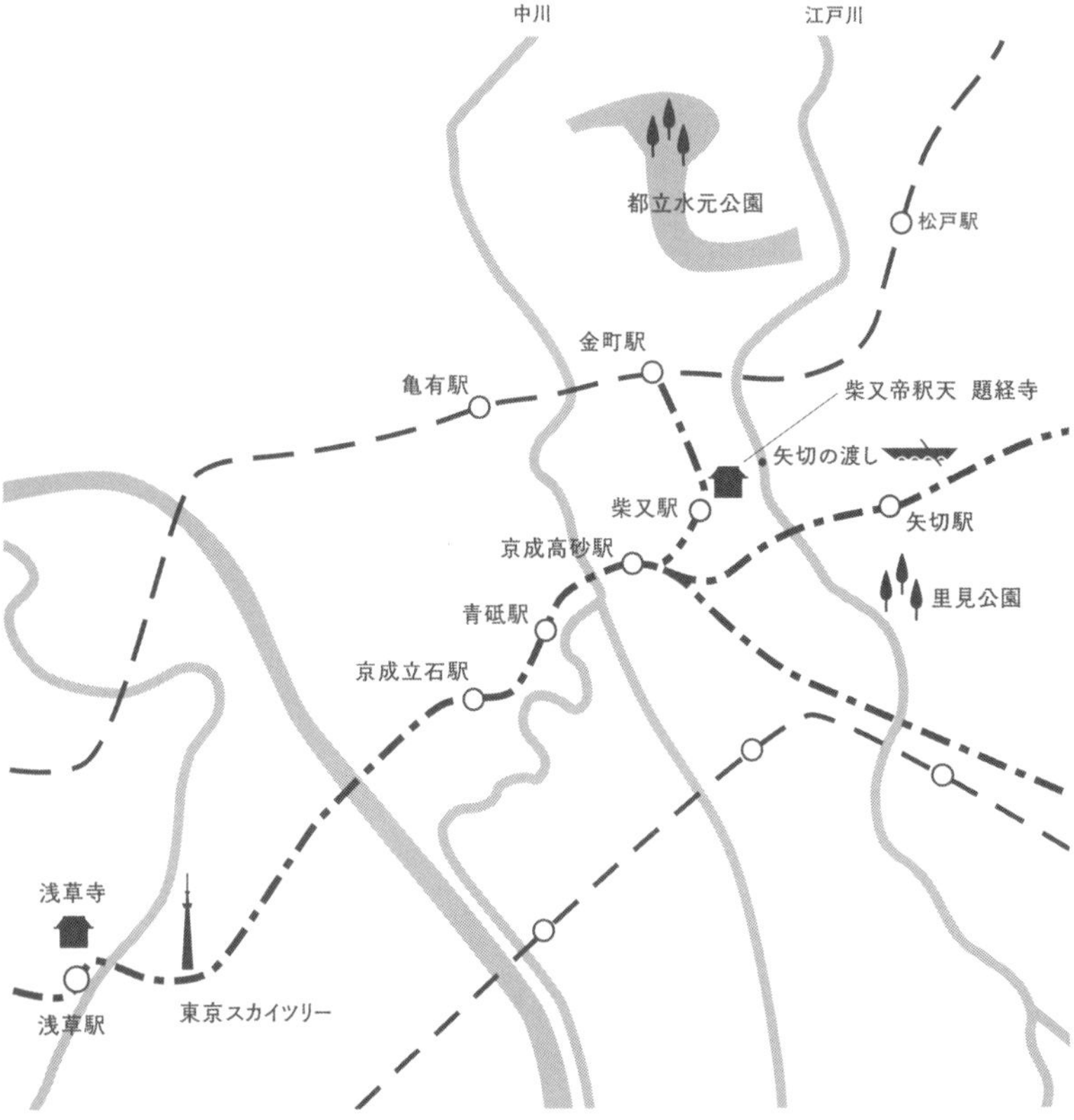

東京下町（葛飾、台東、墨田）広域地図

第3章

ご近所さんの店じまい

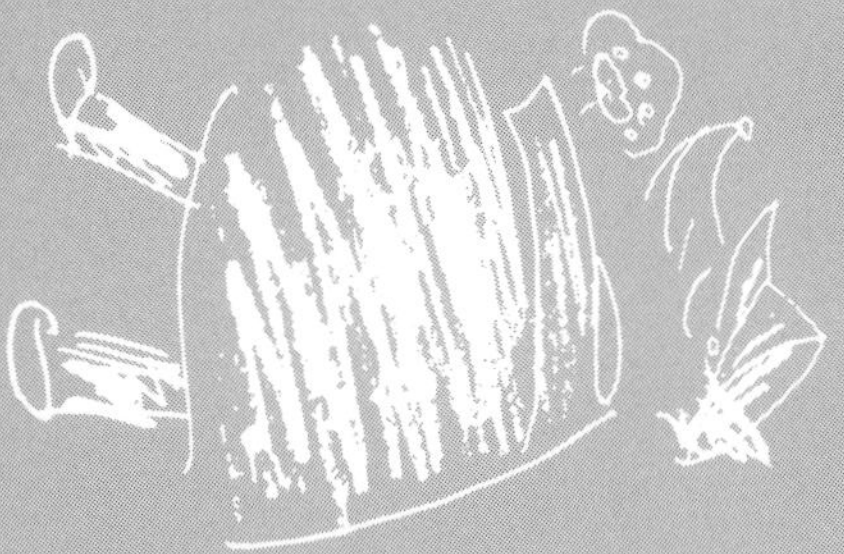

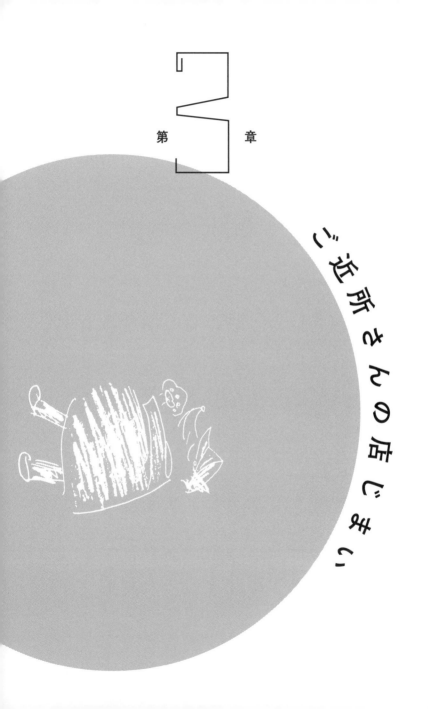

1 わんすけ、消防団の制服とヘルメットに魅せられる

2020年3月7日（土曜日）

「ひさしぶりで、下町にお寿司でも食べにいらっしゃいませんか？」

友人の恩田さんを、高砂駅前の「寿司ダイニングすすむ」さんに招待した。

先週になっても、緊急事態宣言は解除されなかった。このままでいけば、お寿司屋のすすむさんなど、贔屓にしている高砂の飲食店の商売は、さらにきびしくなりそうだ。

意を決して、昨日、恩田さんに声をかけてみたわけである。

恩田さんは、いまは横浜にお住まいだが、生まれは葛飾区金町である。海外生活が長い。もともとは某総研のコンサルタントで、いまでもアジア関係、とりわけ中国ビジネスに造《ぞう》詣《けい》が深い。

去年までの1年間は、ハーバード大学で客員研究員をしていた。専門は、米中関係の政治と経済である。

昨夜、「寿司ダイニングすすむ」さんを会食の場所に選んだのは、店主のすすむさんがロサンゼルスに滞在していたことを知っていたからだった。

すすむさんの実家は、堀切菖蒲園《ほりきりしょうぶえん》のお寿司屋さんである。

ご本人は高校を卒業したあと、日本の大学ではなく米国のカレッジに進学した。場所はロスの北地区で、恩田さんもそのころ、日本の外食チェーンの西海岸への進出をお手伝いしていた。

ここから先の話は、恩田さんとすすむさんのやり取りで初めて知ったことである。

すすむさんは4年間の米国留学の後、マレーシアのクアラルンプールに渡り、日系の回転寿司チェーンに社員として勤めることになる。

2年後に日本に帰国しても実家には戻らず、チェーン店や個人の寿司屋で数年間修業をした。その後、8年前に高砂駅前で独立開業したということだった。

異色のキャリアを活《い》かして、いまは『小さな飲食店の始め方』という本を執筆している。出版元としては、同じくご近所さんで、金町在住の出版社を営む友人を紹介した。

これも何かのご縁である。全員が金町・高砂と何らかの関係をもっている下町の人たちである。

すすむさんの店に来るようになって、地元の人たちとずいぶん仲良しになった。中松さんご夫妻とは、ここで「鮨友《すしとも》」になった。お会いした最初の日に、奥様の礼子さんとカウンターで話していて、おふたりがランナーであることを知った。その場で、「高砂ランニングクラブ」を結成し、一度だけ東京マラソンを走ったことがあるすすむさんも、無理やりメンバーに入れてしまった。

のちのちのことになるが、店の奥の小上がりの部屋に、消防団の制服やヘルメットが展示されるようになった。すすむさんが、地元の消防団に入団したからである。

礼子さんは、消防団の制服を見て、「わんすけ先生、わたし消防団に入りたいなあ」と言い出した。黙っていたが、わたしも「消防団員の制服、かっこいいな」と心の中では思っていた。

ところで、恩田さんとすすむさんは、年齢が二回りほど離れている。しかし、育った環境は似通ったものなのだろう。

共通の知り合いがいたり、遊んだ場所が同じだったりしている。恩田さんは、子供のころは、帝釈天裏の江戸川の土手で遊んでいたそうだ。ご実家は、金町の水道局の近くだったらしい。

ご近所さんがつながっている濃密な関係は、回転寿司の座席では確認しようがない。それだけでも、すすむさんの執筆している独立開業本が売れるチャンスがありそうだ。

そんなことを、閉店までの2時間半ほど3人で話していた。恩田さんとは、「次回は川千家あたりで、川魚料理でも」ということになった。

帰宅後に、恩田さんからこんなメールが戻ってきた。

「かつしかは映画のセットのようで、ところどころで記憶がつながって、思い出が都度《つど》蘇りました。人の思いや心が、あるきっかけで、つながっていく楽しさを感じました」

直接の会話が、人とのつながりを想起せる。人間同士は、場所や風景の記憶でつながっているのだった。

② 味噌の請け売り、かつしか小町

――2020年3月14日(土曜日)

小雨が降りしきる土曜日の朝。「田沼商店」の正面玄関に車を横づけにした。気温は8

度。外気温が低いので、車のフロントガラスに水滴がついて曇っている。雨が雪に変わりそうな気配だ。

京成青砥駅から徒歩7分のところにある酒屋さんに、かみさんと味噌《みそ》を買いに来ている。店主は田沼キンさん(仮名)。御年86歳。わが家の朝食に出てくるみそ汁の素は、田沼商店のお味噌だ。

先月まで、田沼商店の存在も、みそ汁の味噌の出どころも知らなかった。そもそも、みそ汁はあまり好きではない。子供のころ、秋田の田舎で育ったが、塩っ辛いみそ汁を浴びるほど飲まされたせいだと思っている。

ところが、このごろになって、朝食のみそ汁が美味しく感じられるようになった。味覚が変わってしまったのかと思うくらいなのだが、味噌の味が変わったはずはない。年をとったせいで味覚に変化が起こったくらいに考えていた。

ある日、わが家の食卓で、田沼商店の閉店話が話題になった。

事の始まりは、近所で独り暮らしをしている義理の母親が、田沼商店の姉妹から10年ぶりでお味噌を買ったことだった。

高砂に引っ越してくるまで、かみさんの実家は、2駅先の京成立石駅から歩いて5分の場所にあった。隣駅の青砥駅近くにある田沼商店まで、なぜだか母と娘は連れだって味噌を買いに来ていたらしい。

かみさんの実家では、青砥の酒屋さんから、量《はか》り売《う》りで味噌を買う習慣が50年近く続いていたことになる。それを知ったのは、今日が初めてだった。

「わたしたち、田沼商店の味噌で育ったのよ」とかみさんは誇らしげに語っている。たしかに、田沼商店の味噌は美味しい。

何かのきっかけで、義母は美味しい味噌を売っていた商店のことを思い出したのだろう。ひさしぶりで顔を出した彼女のことを、田沼商店の姉妹はよく覚えてくれていた。

お互いの知り合いや親せき、ご近所さんの話に花が咲いたにちがいない。立石在住の母と引っ越して高砂に居を構えた娘は、ふたたび田沼商店の常連さんに戻った。

「元かつしか小町」の妹さんはギンさん（仮名）。彼女は姉のキンさんより小柄で、御年82歳。ふたりはよく似ていて、どちらも整った顔だちをしている。さぞかし若いころは美人姉妹だったにちがいない。

傘もささずに車から降りたかみさんは、入店するなり1カ月分の味噌を注文した。いつものことなので、分量を指示することもなかった。

かみさんからの注文を受けたキンさんは、自慢の味噌樽《みそだる》から、へらで味噌を丁寧に掬《すく》って、販売用のポリ袋に移している。

1杯、2杯、3杯。

その様子を見ながら、わたしはキンさんに向かって尋ねてみた。

「味噌は自家製で、店内の味噌蔵で造っているのですよね」

かみさんから、そのように聞かされていたからだった。

子供のころのわたしにとって、お醤油やお酒は土瓶《どびん》を小脇に抱えて、酒店で量り買いするものだった。しかし、味噌の量り売りは経験したことがない。

好奇心も手伝って、味噌が量り売りされるのをこの目で確かめてみたかった。そんなわけで、こんな寒い日に彼女の買い物につきあうことにしたのだった。

生まれて初めて味噌が量り売りされる様子を実際に見ることができた。ところが、思いもかけず、姉のキンさんからはそっけない返事が戻ってきた。

「いや、うちのは〝請け売り〟の味噌なのよ」

仕入れた商品を売ることを、請け売りというのだ。初めて知った。とても美しい表現だと思った。

そういえば、店内に並んでいる味噌樽には、「本場信州」「仙台」「越中粒《えっちゅうつぶ》」「白麹漉《しろこうじこし》」などの札が立っている。それぞれが特徴を持った産地ブランド名にちがいない。

たしかにそうだ。下町の小さな酒屋さんが、自家製の味噌を製造できるほどの設備を抱えることはできそうにない。


いまでも葛飾区には、がんもどきや豆腐などをリヤカーに積んで行商にくる豆腐屋さんがいる。夕方になると毎日、わが家の前を豆腐屋さんのバイクが通っていく。動力付きのリヤカーに積んでいるのは、自家製の豆腐やがんもどきである。

行商で商売が成り立つのだから、豆腐のほうは売り上げが大きそうだ。しかし、単品の売り上げが小さい味噌を、たとえ下町といえども、あえて自家製造して売るのは難しそうだ。

請け売りで味噌を仕入れるにしても、それは同じことだ。常識的に考えて、そうした商売がいずれは小さく縮んでいくことは目に見えている。

かみさんが子供のころ、田沼商店は間口《まぐち》が大きな酒屋さんだったらしい。ただし、酒屋を切り盛りしていたのは美人姉妹、で変わることがなかった。

時代の流れで店の敷地が半分になり、いまのような間口の狭い小さな酒屋さんになった。たぶんそこが、商売の分かれ道になったはずである。

田沼商店は、40代の女性ふたりが切り盛りする酒屋だった。

コンビニに転換するには、夫婦ふたりで働くことが前提になる。それでは、「セブン－イレブンの出店基準」からは大きく外れてしまう。そして、小さな敷地しかない店では、コンビニを開業するのに必要な30坪の売り場を確保することができない。

一方で、どんなに美味しいとは言っても、味噌売り中心の商売を継承する者が見つかるはずもない。そして、かつしか小町たちも、齢《よわい》80歳の坂を下っていく。

みそ汁の素を手に入れたわが相方は、ふたりに向かって来店の目的を説明している。

「3月末で閉店になると聞いて、最後のお味噌を買いに来たんです」

キンさんは申し訳なさそうに答えてくれる。

「でも、実は4月までは商売を続けようと思っているのよ。またいらしてくださいね」

店内に在庫の味噌がある限り、ふたりで商売は続けるつもりだという意思表示だった。

陳列棚には、サントリーホワイトのマグナム瓶（1・5ℓ）が3本、でんと居座って威容を誇っている。その他の商品も、通常よりはサイズが大きい。わたしは、左側の棚にある日本酒に目が向いた。生まれ故郷を代表する清酒「高清水《たかしみず》」の一升瓶だ。

「ぼくは秋田の生まれなので、じゃあ、高清水をいただくことにしようかな」

そう言ってから、あまり体の動きがよくないお年寄りに代わって、陳列棚から高清水を取り出そうとした。しかし、一瞬の躊躇《ちゅうちょ》のあとで、最初の選択を考えなおすことにした。

高清水の隣に、もっと秋田らしい日本酒があるではないか！

銘柄は知らなかったが、世界遺産の白神山地《しらかみさんち》に因《ちな》んだ清酒が3本、陳列棚の中段に置いてある。

雪中貯蔵の「白神山地の四季《しき》」という純米酒だ。ふだんはめったに買うことがない一升瓶。酒蔵は、秋田県大仙市《だいせんし》若竹町の「八重寿銘醸《やえすめいじょう》株式会社」。値段は、消費税込みで、1400円。

千円札2枚をキンさんに渡したら、百円玉で8枚がかみさんの手のひらに戻ってきた。おそらくサービスで、「200円をおまけしましょう」とのことなのだろう。

わたしが追加で日本酒を買ってくれたことに気をよくしたのか、キンさんはサービス精神が旺盛《おうせい》になった。わたしたちの最後の買い物が、さらに1カ月先に延びたことをうれしく思ったのかもしれない。

わたしのほうをじっと見て、大きく目を見開いたキンさんは、自分たちの出自《しゅつじ》を語ってくれようとした。

「昭和25年に、葛飾のこの場所に移ってきたのよ。その前は日暮里《にっぽり》に住んでたけど、焼け出されてしばらくは埼玉にいたの」

埼玉県のどこに疎開したのかは聞きそびれてしまった。ふたりが焼け出されたのは、終戦直前の昭和20年3月10日で、東京大空襲の日のはずだ。わたしの補足説明を聞いて、ふたりはうなずいてくれている。

田沼姉妹が「かつしか小町」になった年を逆算してみた。

昭和26年生まれのわたしが、いまは68歳。86歳のキンさんとは年の差が18ほど開いている。青砥に移住してきた昭和25年に、キンさんが高校生で17歳。ギンさんは中学生で13歳のはずだ。

店内の照明は少しうす暗いけれど、ふたりの顔は輝いて見えた。味噌売りの商売が好きなのだろう。ふたりは、実にかいがいしく働いている。少しだけ腰の曲がったギンさんを見て、わたしは13歳の少女の姿を想像してしまった。

いまも気丈夫そうに店番をしているキンさんが、17歳で住み始めたころの青砥の街並みを見てみたい気がする。セピアカラーの家族写真に収まったふたりは、きっと愛《いと》おしく感じられるだろう。

4月になれば酒屋の商売は閉じてしまう。でも、ふたりが生きてきたときの記憶は永遠に消えてしまうことはないだろう。

ふたりのかつしか小町さんへ。

長い間、美味しいお味噌を届けてくれて、ありがとう。

2021年1月4日(月曜日)

3 柴又の老舗、川魚料理「川甚」が閉店になる

また1軒、コロナの余波で老舗が消えていくことになった。

「川甚《かわじん》が閉店になるらしい」というニュースは、街の噂で聞いていた。確かめてみると、

12月に閉店が発表されていた。コロナの感染拡大が始まる前、川甚の商売は順調そうに見えた。インバウンド需要で潤《うるお》っているようで、駐車場はいつも観光バスで満車だった。その順調なビジネスが、2020年の3月で暗転する。

緊急事態宣言が発令されたあと、2カ月ほど川甚の店は閉じられていた。宣言解除後に、帝釈天の参道にある「川千家」や「ゑびす家」などは、すぐに営業を再開した。ところが、川甚だけは玄関のドアが閉まったままになっていた。川甚の店は、わたしのマラソン練習コースの途中にある。怪訝な気持ちでその様子を眺めていた。


夏前にようやく店の営業が再開された。

ところが、注意して見ていると、週末は店が閉じたままになっている。不吉な予感がした。インバウンド客と地方からの団体客がメインであれば、かき入れ時の週末になっても客は戻ってこない。だから、週末は閉店しているのだろうと思っていた。

雇っている従業員も相当な数になるはずである。ご近所さんからの情報では、会社として近くに従業員専用の寮などを持っているという話を聞いていた。

コロナ前の人手が足りないときは、それが有利に働く。ところが、商売はいまやインバウンド客と団体バスツアー頼みになっている。週末に団体客が来なければ、商売は成り立たない。

今度のように需要が低迷しても、小さいうちは家族だけで店は切り盛りできる。しかし、商売を拡張して多くの従業員を抱えてしまっている。

売り上げが消えてしまえば、万事休すである。しかも、この苦境は一時的なものではない。コロナで先の見通しも立たない。商売を大きくした段階で、借金もふつうの大きさではないのだろう。

運が悪いと言えばそれまでのこと。創業寛政2年（1790年）の老舗の経営に、終止符が打たれることになった。

わたしは、うな重や鯉《こい》の洗《あら》いなどの川魚料理が好物である。柴又に移住してきた理由のひとつに、川甚や川千家のような下町情緒のある老舗が好きだったことがある。

5年ほど前のことである。千葉から東京の下町への移住を検討していたときに、街ランで水元公園まで走ってみた。移住先を探すために街ランをして近所の様子を探索したわけである。その帰りに、途中でお昼を食べたのが川甚だった。

その昔、学部ゼミの学生たちと、葛飾柴又の花火大会を観覧するためにここにやってきたことがあった。その帰りに、うな重を食べて美味しかったことを覚えていたからだった。ランチタイムに、テーブルに回ってきたのが、川甚の若社長さんである。天宮さんという創業家の名前のはずである。話してみると、彼はその昔、中央大学商学部の大学院生だった。

「学部時代に、先生のマーケティングのテキストを読んでました。分厚いので、読み切るのに往生しました。でも、勉強になりました」

天宮さんの指導教授は学会仲間で、よく知っていた。ついでに、近所の不動産屋を紹介してもらったのだが、その後は音信が途絶えていた。

そのままで、2年前にわたしたちが高砂に引っ越してきたことも知らせていなかった。紹介してくれた不動産屋さんが、真剣に物件を紹介してくれなかったこともあった。たまたま縁がなかったのだろう。そう思っていた。

「老舗川甚の閉店」の知らせは、ご本人に声をかけてみようかと思っていた矢先のことだった。

「2年前にここに引っ越してきて、ご近所さんになりました」と、お知らせのついでに、川甚に予約をいれてみようと思っていたのだが、どうやら、そのタイミングを失ってしまったようだ。でも、閉店まであと1カ月弱の時間が残されている。

2012年4月2日（月曜日）

4 豊顕寺の桜吹雪、美代子おばさんのこと

学生時代にとても世話になった伯母《おば》がいた。実父の従妹《いとこ》で、名前は寺尾美代子《てらおみよこ》。小柄で料理が上手で、芸達者な女性だった。

美代子おばさんが亡くなってから33年になる。寺尾の伯母が短い闘病生活のあとで逝《い》ったのは、わが家が千葉県白井町に引っ越した直後だった。

ご主人の寺尾保之助《やすのすけ》との間に子供ができなかったので、お墓は寺尾の従兄弟が守っている。菩提寺《ぼだいじ》は、横浜の豊顕寺《ぶげんじ》である。

桜が咲くころになると、なぜか美代子おばさんのことを思い出す。横浜の豊顕寺は、こんもりと木々が繁った森の静寂の中にある。春が巡ってくると、満開の桜で美しくなる。

その日（2012年4月2日）は、急に仕事がキャンセルになり、午後の時間が空いた。

何年かぶりで、伯母夫婦が眠っている横浜のお寺までドライブしようと思った。

桜はまだ3分咲きほどだろうが、墓参りを兼ねての観桜会である。午後には大嵐がくるらしいので、午前中に墓参りを済ませるつもりだった。

わたしは、学生時代に東急東横線《とうよこせん》の都立大学前に住んでいた。「八方寮《はっぽうりょう》」といって、慶応大学の学生がほとんどのアパートだった。

この学生寮に潜り込ませてもらえたのは、美代子おばさんの口利きだった。縦長の4畳の部屋で、慶応大学の学生20人ほどに交じって、他大学の学生は立教大学の村上君とわたしだけだった。

村上君は、青森の出身だった。東北から同じく東京に出てきたこともあり、彼とはとても親しくなった。夏のねぶた祭りのときに、青森のご実家に泊めていただいたことがある。

蒸し暑い夏の夜だった。笛と太鼓と踊りの喧噪《けんそう》。ねぶたのお囃子《はやし》。

ラッセー、ラッセー、ラッセー！

街中を練って歩いて、若い衆が飛び跳ねる。その祭りの案内役をかってでてくれた。いまとなっては懐かしい思い出である。

わたしが上京した1970年からしばらく、美代子おばさんは川崎に住んでいた。最寄駅は、東急東横線の元住吉《もとすみよし》である。駒場キャンパスから近いので、そのころの週末は、美代子おばさんのところで、夕飯をごちそうになっていた。

保之助おじさんは、自動車部品メーカーを経営していた。中小企業ではあったが、すでに台湾に自社工場を持っていた。名前は忘れてしまったが、前職は中堅の電機メーカーだったと記憶している。

寺尾の伯父は、独立してスピードメーターを造っていた。一時期はたいそうに羽振りがよかったので、伯母もずいぶんと贅沢をさせてもらっていた。

ところが、1985年から始まる円高不況には勝てず、最終的には会社を清算することになった。元住吉の自宅も、債務の返済に充《あ》てるために売却された。

伯母が逝く1年前に、寺尾の伯父は癌《がん》で亡くなっている。伯母は実にかいがいしく、最後まで保之助おじさんを看病していた。伯父の羽振りがよかったときより、すべてを失ってしまったあとでのほうが、美代子おばさんは幸せそうに見えた。

事業に失敗して住む家までをなくした伯母が、それでもうれしそうに伯父を看病している姿を見て不思議な気がした。人間の本当の幸せの在《あ》り方が、当時のわたしにはわかっていなかったのである。

生きていることの最高の喜びは、金銭でも名誉でも地位でもない。最愛の人と一緒にいられることである。伯母は、幸せな思いでこの世を去ったのだと。

伯母も伯父も、戦後の一時期、結核を患っていた。療養所《サナトリウム》でふたりは知り合った。ところが、伯母の家では、そのころは伯父の顔を見かけたことがあまりなかった。台湾出張ということになってはいたが、多感な二十歳の若者は、伯父の背後に女性の影を感じてしまったものだ。

芸達者な美代子おばさんは、三味線《しゃみせん》のお師匠さんをしていた。かなりのお金を芸事につぎ込んでいて、たいそう立派な名取の表札を掲げていた。数十人のお弟子さんが家に出入りしていて、いつも和室で三味線のお稽古《けいこ》をしていた。

♫とて、ちん、とん、しゃん
この音色を、わたしは伯母の家でついぞ聞くことがなかった。お稽古が終わった夕方にしか、わたしが伯母の家を訪ねることがなかったからであろう。お弟子さんの女性がよく居残っていて、一緒に3～4人で食事をすることがあった。

美代子おばさんは、いつも和服だった。呉服屋の長男坊だったわたしは、元住吉の家にいると不思議な安堵感《あんどかん》を覚えた。和の世界でくつろげるのは、生家が呉服店を営んでいたせいだろう。わたしの両親も、ふだんから着物で生活をしていた。

それから10年が過ぎて、二棹《さお》の三味線と、収納用の桐箱を残して美代子おばさんは逝った。

二本ある棹のうち一本は、妻の知人のところに出張している。借りている方も、三味線のお師匠さんらしい。伯母の三味線は高価で立派なものらしいことを、女房から伝え聞いている。いまになって思えば、百万円以上はするだろう高価な楽器は、伯父の不如意《ふにょい》がそうさせたものだろうと想像ができる。

それでも、長らく桐の箱で眠っていた三味線が、誰かの役に立っていることを伯母は喜んでくれているにちがいない。十数年前のことではある。伯母の遺品にとっては、二十数年ぶりの現役復帰だった。いつか、そのお師匠さんが発表会を開催することがあれば、一度、あの三味線の音色を確認してみたいものだ。

もうひとつの棹は、わが家の1階の和室で桐の箱に納まったまま、静かに眠っている。永眠するか競売にかけられるかの事態は免れたいと思っている。わたしが、お三味線の真似事《ねごと》を始めるときのために保存してある。

そろそろ、車を温めて、横浜に出かける準備をすることにしよう。今日は風が強そうだ。桜が満開になる前の強風は、それでも幸運だ。数日の命が、2日3日先延ばしになるからだ。散り始めになると、強風にあおられる桜が心配になって、気持ちがおろおろする。

美代子おばさんが亡くなった翌年、桜のころに豊顕寺のご住職にご挨拶に伺った。新しくなったお墓と無事に終わった葬儀のお礼を兼ねてのことだった。


その日は、雨上がりで境内の桜が満開だった。風は穏やかだったが、満開の桜はすでに散り始めていた。

石畳《いしだたみ》の上は、桜の花のじゅうたんに変わっていた。お堂でお線香をいただき、手桶《ておけ》に水を汲《く》んで、用意していただいた卒塔婆《そとば》を抱いて、寺尾家の墓に向かった。

子供がいなかったふたりの墓は、山門を左に曲がった丘の中腹にある。寺尾の墓は、皆よりも少しだけ早く無縁仏になるのだろう。そう思ったとき、一陣の風が吹いて、桜吹雪が舞い始めた。

わたしは、美代子おばさんのことを思い、涙が溢《あふ》れそうになった。

合掌《がっしょう》。

第4章

東京下町を歩く、走る

1 創業129年、「土手の伊勢屋」へ行ってきました

――2019年7月1日（月曜日）

梅雨時になると、なぜか天丼が食べたくなる。

そこで、同じく天丼が好きなかみさんと、浅草・吉原大門前《よしわらおおもん》にある「土手の伊勢屋《いせや》」に行ってきた。20年ほど前から贔屓にしている天ぷら屋である。

東京の下町では有名店だが、多くの方はご存じないだろう。

伊勢屋は、明治22年創業の老舗天ぷら屋である。いまは四代目店主が店を切り盛りしている。わたしが初めて伊勢屋で天丼を食したときは、アルバイトから10年で五代目を襲名した若者が店長を務めていた。

昼だけの営業になってから、ずいぶんとご無沙汰《ぶさた》していた。夜の営業をやめたのは、お家騒動があったからのようだ。ネットで書き込みが多数あるが、真実は藪《やぶ》の中。

天丼はいまでも3サイズ（イ、ロ、ハ）。最大サイズの「ハ」は、ドンブリから穴子《あなご》のしっぽが大きくはみ出ている。食べる前に驚愕《きょうがく》したものである。

ちなみに、「ハ」だけに、ドンブリに「蓋《ふた》」が付いてくる。具だくさんのため、最初に、海老《えび》や穴子を蓋に移してから食べ始めることになるからだ。

さて、本日は、開店時間の11時から並んで、わたしは中盛り天丼の「ロ」、かみさんは一番小さな「イ」を注文した。店内は、ほぼ女性客ですでに満員である。わたしたちは、外の椅子に座ってしばらく待っていた。

思ったより早く、10分ほどで店内に案内されて着席ができた。

かみさんが注文した「イ」（キス、イカのかき揚げ、海老1本、獅子唐《ししとう》）とわたしの「ロ」（穴子、海老2本、イカのかき揚げ、カボチャ）が出てきたのが11時45分。

「昔より天丼のタレの味が薄くなった感じがしない？」

いつものように、わたしの好物の海老天を譲渡してくれている、かみさんの第一声がこれだった。

「そうね。それと、ごま油の香りが弱くなったと思わない？」

イモ類が苦手なわたしは、かみさんのドンブリにカボチャの天ぷらを移しながら、ごま油について素直な感想を述べた。

穴子のはみ出しも、驚くほどではなくなっている。

おやっと思った。お店の女性のユニフォームが、街の定食屋さんでよく見かける白い頭巾に白衣から、地銀の行員さんや農協の職員さんが着ている紺の制服に変わっていた。

「お茶のお替りをお持ちいたしましょうか？」

店員さんも、親切なおばさんに代わっている。前より接客がよくなっていて、わたしにはとても残念だった（笑）。

都立高校の女子学生が夏の短い期間だけ、アルバイトで働いている。なんとも初々《ういうい》しくぎこちない、緊張しつつもいつまでも慣れない感じの、以前のような顧客対応が、わたしには心地よかったのに。

ランチタイムだけでなく、夜間も9時すぎまで店を開けてくれていたころが、懐かしく感じられる。

建物は、築100年以上。東京都の登録有形文化財である。

海老や穴子をモチーフにしたステンドグラスのうす暗がりの中で、ひっそりとぬる燗《かん》を天丼と一緒に味わう。わさびの効いた板わさを、いつも天丼が出てくる前に頼んであった。ひんやりとしたかまぼこの舌触りが忘れられない。

いまは、そんな優雅な下町の天ぷら屋さんの趣がなくなっている。

店内には、インバウンドの子連れ客なども いる。あの空間で、中国語や英語を聞くのでは、どうも雰囲気が壊れてしまう。天丼をいまひとつ美味しく食することができない。

1時間近く待たされて、それでもまた行くのかな？　でも、この味と建物の雰囲気は、他の店では味わうことができないだろう。

うーん、次は、独立して巣立った若者がやっている浅草寺《せんそうじ》の裏にある、なんとかという天丼の店に行ってみようかな。

――2021年1月12日（火曜日）

2 街ランで隅田川七福神を巡る

東京の下町には、それぞれの地域に「七福神」が祭られている。

谷中《やなか》七福神、隅田川《すみだがわ》七福神、浅草名所七福神など。七福神にお参りすると、開運招福の御利益があると信じられている。

葛飾区にも、七福神が祭られている神社とお寺がある。柴又七福神の場合は、柴又駅を起点に1時間半のコースが推奨されている。

ここ葛飾でも、ご近所さんが集《つど》って、新年早々に七福神巡りをする習慣がある。つい先日、引っ越して初めて、かみさんは実姉たちと一緒に柴又七福神巡りを敢行したようだ。

どうせ七福神巡りをするのなら、ランナーらしく走って七福神を巡ってみたいと考えた。しかし、地元の柴又七福神巡りだと、30分でお参りが終わってしまいそうだ。さすがにそれではつまらない。

そこで、墨田《すみだ》区在住のランナー仲間に声をかけてみることにした。スカイツリー駅を起点に、隅田川七福神を巡るコースならば、往復1時間半から2時間くらいはかかりそうだった。

「初詣《はつもうで》と下町観光を兼ねて、街ランで七福神巡りをしてみませんか?」

声掛けしたお仲間さんは、第1回東京マラソン(2007年2月18日)で、偶然にも同じブロックからスタートした女性ランナーの村瀬さん。

蔵前にお住まいの彼女と電話で相談して、隅田川沿いを走る街ランを昨日決行した。

午後1時に、押上《おしあげ》駅で待ち合わせた。まずは、東京スカイツリーで入手した観光地図を広げてみる。浅草近辺の隅田川沿いには、7つのお寺と神社があることがわかる。

東京スカイツリーをスタート地点にすると、終点の多聞寺《たもんじ》（毘沙門天《びしゃもんてん》）がある東武伊勢《いせ》崎線鐘ヶ淵《ざきせんかねがふち》駅までは、片道で約4㎞。

直線距離では短そうに見えるが、神社やお寺は路地裏や脇道に入ったところにある。実際には、それよりは長い距離を走ることになりそうだった。

街中を走る「街ラン」では、わたしたちランナーは、1㎞を6分から7分のスピードで走る。途中で、お参りや写真を撮ったりもするだろう。スタート地点の東京スカイツリーに戻ってくるまで、所要時間を約90分と見積もった。

準備万端、隅田川七福神巡りのスタートである。

気温は7度で肌寒いコンディション。ソラマチのロッカールームに各自の着衣を預けて、リュックを背負って走り始めた。スタートの時刻は、14時02分。

東武線の高架下に新しくできたモールを横目に見ながら、第一目的地の三囲《みめぐり》神社に向かう。非常事態宣言が出たばかりで、目の前のショップには観光客がほとんど入っていない。

ほんの数分で、三囲神社に到着。ここには、大國《おおくに》神と恵比寿《えびす》神が祭られている。

大國さんと恵比寿さんは、いまは日本橋三越《みつこし》になっている越後屋《えちごや》に祭られていたものとの記述があった。恵比寿さんは、商売の神様だ。小売業を研究対象にしているから、わたしも真剣にお祈りをしなければ。

いっぺんにふたつの神様を制覇したあとは、3分ほど走って弘福寺《こうふくじ》へ。ここは中国の禅宗のお寺で、布袋尊《ほていそん》を祭ってある。布袋さんは、唯一実在する禅僧で、弥勒菩薩《みろくぼさつ》の化身と言われている。

4つ目の弁財天《べんざいてん》は、隣の長命寺《ちょうめいじ》に祭られている。

ここには、三代将軍家光が鷹狩の途中に腰痛になり、お寺の井戸の水（長命水）で薬を服用して快癒《かいゆ》したという伝説が残されている。

弁財天はお金の神様だから、長命寺には巳《み》（蛇）の日に参拝する風習があるらしい。これで半分が終わったことになる。スタートからまだ30分も経過していない。

次の神社の位置を確認するために、ここで地図を広げてみた。

白髭《しらひげ》神社は、白髭橋の袂《たもと》にある。長命寺から距離にして1㎞。ここから先は、隅田川と並行している墨堤通《ぼくていどお》りをまっすぐ東北東の方向に走ることになる。

北からの向かい風が強くなってきた。コロナウイルス除けのマスクをして走っていると、眼鏡《めがね》が曇ってくる。わたしは、マスクを外して走ることにした。まじめな村瀬さんは、マスクをつけたままで走っている。

その様子を見て、あることを思い出した。

村瀬さんは、わたしより重度の花粉症患者である。第1回の東京マラソンが開催された2月下旬は、スギ花粉の飛散がひどかった。

スタート時は冷雨。石原都知事の号砲を待つ間、Gブロックで雨に打たれている村瀬さんが目に入った。気の毒に思い、ビニール傘を差し出した。

おじさんが、キレイめのお姉さんをナンパしようとしている。近くのランナーからは、そんな風にしか見えなかったかもしれない。しかし、これがきっかけで、その後は街ランやレースを一緒に走るようになった。

ずいぶん後に、親しくなってから、村瀬さんに指摘されたことがある。

「先生、東京マラソンのとき、初対面のわたしの顔なんか、ちゃんと見られなかったでしょ。花粉症のマスクをしてましたからね」

「そんなことないですよ」と言い訳はしてみたものの、図星である。

コロナ禍でマスクが常態になってから、マスクをしている女性は皆、美しく見えることを再確認している。もちろん、村瀬さんはマスクなしでも美人である。

言問団子《ことといだんご》の本店を左に見て、少年野球場の前を通る。そこからは、墨堤通りをひたすらまっすぐに走る。

墨堤通りの左側には、大規模な公営住宅団地が広がっている。4棟あって、それぞれが10階から12階建てだ。全部で5000世帯はあるだろう。

大きな交差点の右向かい側に、寿老人《じゅろうじん》がいる白髭神社が見えてきた。寿老人の髭にちなんで、白髭神社なのだろうか。

順番に巡った神社仏閣の中で、白髭神社の参拝客が一番多かったように感じた。わたしたちの前に、小さな参道に3組ほど参拝客が並んでお参りを待っていた。

白髭神社の裏方には、江戸園芸文化の象徴である「百花園《ひゃっかえん》」がある。百花園は、文化元年（1804年）に開設された庭園である。

元旦から7日までは参拝客を受け入れている。昨日は11日で、庭園が鑑賞できるお座敷は、ご開帳が終わっていた。

これで、七福神は6つまでの参拝が終わった。

最後の目的地は、毘沙門天の多聞寺。百花園を出て、向島《むこうじま》地区の細い路地を多聞寺に向かう。

「先生、こんな狭いところには、消防車が入ってこれませんよね」

ここまで一緒に走ってきた村瀬さんから心配の声。向島地区は、1945年3月10日の東京大空襲から免れた町である。木造の古い家が密集している。

多聞寺は、わたしたちが回った6カ所の中では、建物と庭の造作が最高に立派なお寺だった。

ここに祭られている毘沙門天は、戦いの神様である。本尊の毘沙門天は、弘法大師《こうぼうだいし》の作と伝えられている。その昔、本堂の前に住む狸の悪戯《いたずら》に悩んでいた村人たちを、毘沙門天下の禅尼子童子《ぜんにしどうじ》が狸を懲《こ》らしめて救ったという伝説が残されている。

かやぶきの山門などがあって、なんとはなしに、侘《わ》びさびを感じさせる。そんな素敵な佇《たたず》まいのお寺だった。

七福神を全部巡り終わったところで、出発から約1時間が経過していた。復路は、隅田川のほとりを走って帰ることにした。対岸には、隅田川沿いに浅草界隈《かいわい》の商店などが賑《にぎ》わっている様子が見える。

あいにくの曇り空である。お日様は雲間に隠れて見えない。微妙に雲の隙間《すきま》から明かりが漏れている。

白髭橋の袂から、隅田川テラスの走路は、厩橋《うまやばし》まで一直線に続いている。午後4時少し前で、西の空に夕陽が沈みかけている。

新しく完成した「すみだリバーウォーク」を右手に見ながら、東武線のガードに沿ってスカイツリーのロッカーまで戻った。スマホでランニングソフトの距離と時間をチェックする。経過時間は85分。走った距離は、10㎞強だった。

そこからは、両国《りょうごく》（石原《いしわら》3丁目）にある御谷湯《みこくゆ》まで、着替えを背負って走ることにした。到着時刻は、午後16時18分。トータルの走行距離は、10・9㎞。

ひと風呂浴びたあとで、その先に待っている「うなぎ川勇《かわゆう》」を楽しみに。うなぎの川勇は御谷湯のすぐ近くで、村瀬さんの行きつけの店だ。

川勇では、生ビールとうな重で、互いの新年の抱負を語り合った。

別れ際に、わたしから村瀬さんに提案してみた。

「そのうち一緒に、地方のマラソン大会を走りに行ってみない？」

仕事の関係で、大阪マラソンや神戸マラソンは、大会スポンサーの参加枠で走ることができる。

大阪か神戸でまた、レースを走ったあとに村瀬さんと七福神巡りができたらいいなと思った。

3 事件発生、突然、歩けなくなる

―2021年2月14日（日曜日）

突如、歩けなくなってしまった。2月12日、建国記念日の翌日のことである。

ベッドから体を起こそうとした瞬間だった。右膝《みぎひざ》の関節と腰に痛みが走った。そして、足と腰が立たなくなった。まっすぐに立って歩行ができない。そもそも足が踏ん張れない。

部屋の中を移動するために、テーブルやソファーを伝い歩きするしかない。このときからしばらく、マーニーの頭が役に立った。招き猫の定位置は、リビングルームのトイレ寄りのコーナーである。

頻尿《ひんにょう》のわたしは、夜中に3、4時間おきにトイレに行く。そのたびに、リビングルームを通る。トイレまでの中間地点にマーニーが立ってくれている。わたしを支える「橋頭堡《きょうとうほ》」の役割を果たしてくれた。

昨日は、かみさんが仕事を休んでくれて、通勤を助けてもらった。大学院での修士論文の審査会に出席するために、車で大学まで往復してくれたのだ。

歩行の補助器具として、初めて杖《つえ》を突いて歩いている。思いもかけず、義理の母が使っている杖を借りることになった。

仕事を終えて無事に帰宅はできたが、早速、駅前の「わくわく整骨院」で電気治療とアイシングをしてもらった。それでも、足腰の痛みはまったくとれていない。

歩行が困難になった理由はふたつ考えられる。

まずは、1月に月間210㎞近く走ってしまったことだ。通常の練習距離は、月間100~120㎞程度である。年明けに、無理をして異常な距離を走ってしまった。練習距離を増やしたのは、3月の東京マラソンを走るためである。一緒に走る予定の友人の頑張りのせいだった。お互いに数日おきに走った距離を報告し合っていた。

1月の半ばに入り、友人は月間200kmを超えそうな勢いだった。負けず嫌いな性格が出てしまった。月末が近づいて、自分を追い込みすぎた。

ふたつ目は、12月になってコロナの感染がひどくなり、緊急事態宣言が発令されたことだ。契約しているフィットネスクラブが、2カ所とも閉鎖された。30年間続けてきた筋トレの習慣が、ジムの閉鎖で完全に途絶えてしまった。


長期間の筋トレの中断もあって、この災難である。

加齢で脚力も弱っているので、どうしようもない。自然治癒《しぜんちゆ》に任せるしかないだろう。リハビリのために、徐々に筋トレとストレッチを始めるしかない。

急遽《きゅうきょ》、明日に予定されていた仕事をキャンセルするなど、周りにも迷惑をかけている。不安は募るばかりだ。このしびれと筋肉のハリは、自然に治るものなのだろうか。これ以上、足腰の損傷が悪化したら、車いすの生活になるのではないか。

マラソンのレースで、何度か関節や筋肉を傷めたことがある。しかし、まったく走れなくなったのは初めてのことだ。日々、とても不安な気持ちでいる。

この先、10月に延期された東京マラソン2021まで、練習が間に合うのか。2022年3月に、エントリーを変更すべきだろうか。

自分が歩けなくなって初めて、車いすの人や、速く歩けない老人の気持ちがわかるようになった。これまでは、道を歩いているとき、ゆっくりしか歩けない老人や女性たちのことを、邪魔くさく感じていた。

それが、事故や病気が原因で、車いすの生活を余儀なくされている人にも目が行くようになった。人間の体には、それぞれの事情がある。

そうした世間の現実を、自分がそうなってみて初めて理解できた。目の行き所が変わったのである。

4 三重苦：膝腰の損傷、花粉の到来、原稿の山

2021年2月23日（火曜日）

これまで経験したことのない生活が続いている。人生最大の苦闘の2週間だった。10日前の12日から、三重苦に見舞われている。
●走りすぎによる足腰の麻痺《まひ》。右膝の関節が曲がらない。

●花粉症で朝から目が開かない。瞼《まぶた》が痒《かゆ》い。信号下の文字がかすんで見える。
●原稿の校正作業で、首と手が回らない。ただし、頭だけはクリアではあるのだが。

このところの三重苦は、すべて自分の責任である。
▲足腰の痛みは、先月の走りすぎが原因である。
▲花粉症は、予防措置《よぼうそち》をとらなかったことが悪い。
▲欲張って余計な仕事を引き受けなければ、こんな羽目には陥ってはいない。後悔先に立たず。

わたしは、困っている学生や窮地に陥っている友人や仕事仲間には、「大丈夫、大丈夫。なんとかなるから」と彼らをいつも励ましてきた。

それが、いまや自身のメンタルが壊れそうな状態になっている。2週間も、自宅療養で安静にしている。しかも、一向に回復の兆しが見えてこない。

駅前のわくわく整骨院には、毎日通院している。

「先生、人間の細胞が半分置き換わるまでは、3カ月の時間が必要らしいですよ。焦ってはいけません。ここは辛抱《しんぼう》ですよ」

宮國《みやぐに》院長の御託宣《ごたくせん》である。まずは100日間の辛抱である。体の細胞が半分置き換わるまでは、焦ってもどうしようもない。自然治癒力に託して、静かに回復を待つしかないのだ。

最後の苦難も、やはり時間との戦いになる。

出版予定の本を、2冊も抱えている。1冊目は、出版社から校正ゲラが上がってきている。しかし、共著者との調整が必ずしもうまくいっていない。

2冊目は、コロナのためにインタビューと取材が中断している。執筆を先に進めないと、50周年記念に刊行が間に合わない

締め切りはとうの昔に過ぎている。どちらの出版企画も、編集者の顔が目の前にちらついて、気分が落ち込んでしまう。

「(原稿の提出期限の)約束は破るためにある」

「締め切りが来てから、原稿は書き始めるものだ」

たしか前者は、遅筆で有名だった劇作家の井上ひさしさんの言葉だ。後者は、原稿を執筆するときのわたしの基本方針である。

本来ならば、本日は、真っ赤なコンバーチブルに乗って、南房総に菜の花狩りに行っているはずだった。

それが、机の前に座って、難渋《なんじゅう》している校正ゲラをチェックしている。この先の時間は、院生の卒論にコメントを書く仕事が待っている。

もう仕事を始めないとえらいことになる。尻に火がついている。かちかち山のわんすけさんだ。

5 駅前の24時間ジムに通い始める

2021年3月16日（火曜日）

本日より、高砂駅前に新しくできたフィットネスジムに通い始めている。

筋トレができなくなったせいで、足腰を完全にやられてしまった。歩行困難になったのが、2月12日。そこから1カ月。電動アシスト自転車に乗れば、短い距離であれば街中を移動できるようになっている。

だから、心機一転、リハビリを兼ねて、フィットネスジムに入会することにした。長い距離はいまだ歩けないので、近くのジムを探していた。

高砂駅の線路脇に、目指すジムが新しくできていた。コンビニの跡地に新規に開業した24時間オープンのジム「〝DIY〟GYM24」である。

受付や補助員はまったくいない。入り口のドアは、スマホのソフトで開閉する仕組みだ。場所は、自宅から徒歩5分で、自転車なら2分のところだ。スタスタとは歩けないわたしには、最適のロケーションだった。

ジムの運営システムは、いままで知っていたものとは、まるでちがっていた。スマホキーで解錠して、シューズを履いたままで入室する。そのままウエイト・マシーンとトレッドミルを利用。着替えは不要。

ストレッチ用のマットも置いてある。ただし、ふつうのジムに設置されているシャワールームやバスルームはない。帰ってから自宅でシャワーを浴びればよいから、その機能は不要ということだ。

若い店主の津金《つがね》さんから説明を聞いて、即入会を決めた。

早速、1時間ほど、以下のメニューをこなしてきた。

初回なので、あまり無理をせずにマイペースで。まずは筋トレのメニューを作ってみた。ウエイトとトレッドミルは、3カ月ぶりである。

ゆっくりのペースで恐る恐る。ウエイトは標準の30％減にセットした。ウォーキング・マシーンは、時速4・5㎞。歩いた距離は2・5㎞。体を傷めるのが怖いので、そこまでストップ。

初日なので、ランニングは自重した。ランニング・マシーンの上を歩くだけにした。それだけでも、軽く汗をかいた。

吉報は、腹筋が衰えていなかったことだ。腹筋台を使って、腹筋は100回できた。朗報だった。まだまだイケそうだ。

「頑張れ！　わんすけ！」。

自分で自分を励ました。

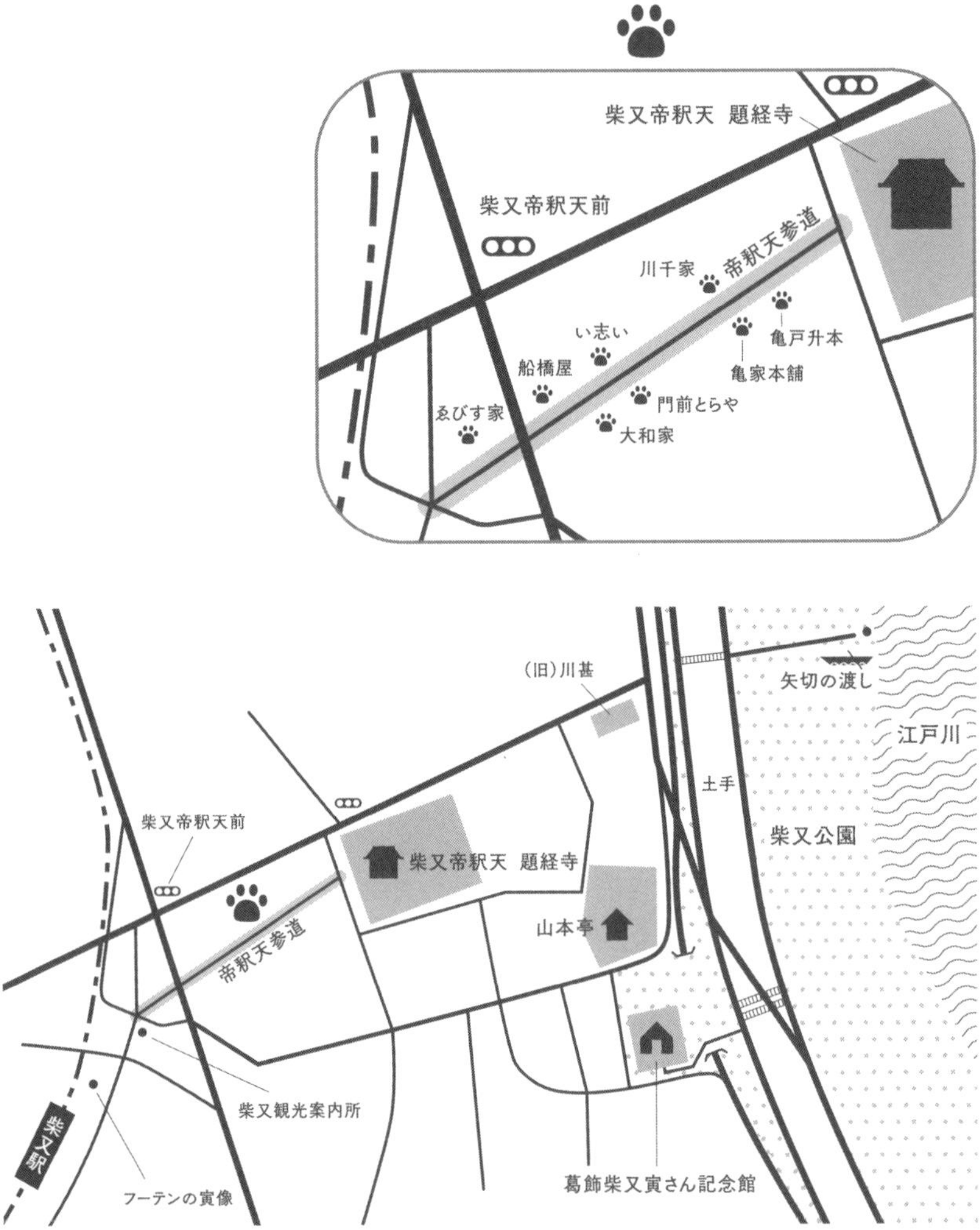
柴又帝釈天 題経寺
柴又帝釈天前
帝釈天参道
川千家
亀戸升本
い志い
亀家本舗
船橋屋
門前とらや
ゑびす家
大和家
(旧)川甚
矢切の渡し
江戸川
土手
柴又公園
柴又帝釈天前
柴又帝釈天 題経寺
山本亭
帝釈天参道
柴又駅
柴又観光案内所
フーテンの寅像
葛飾柴又寅さん記念館

柴又帝釈天の参道周辺地図

第5章

下町情緒：江戸から明治・大正の風物詩

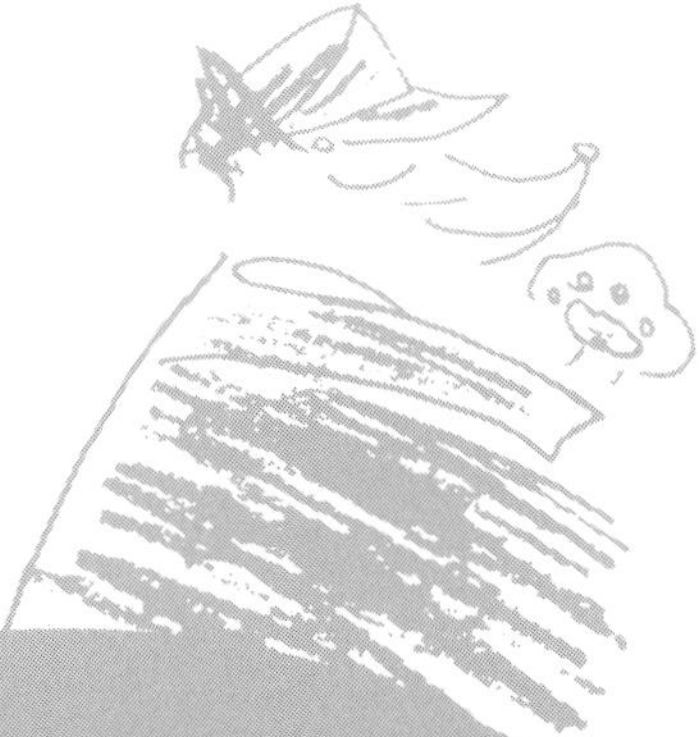

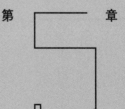

1 「山本亭」の白日夢：大正浪漫の庭と建物

――2021年4月24日（土曜日）

自宅から歩いて「山本亭」に来ている。

春夏秋冬、年4回はここにやってくる。池泉《ちせん》と小さな滝のある庭園を見ながら、山本亭ではぼんやりと時間を過ごす。

建物と庭は葛飾区が管理している。入館料は100円。午後は、500円を出せば、コーヒーやお茶などを出してくれる（現在は、コーヒー500円、お茶600円）。

わたしは、ここを静かな喫茶室として利用している。わが家を訪問してくれる友人たちと、心置きなく四方山話《よもやまばなし》をしたいときには、いつも彼らを山本亭に連れてくる。

優美でレトロな建物は、大正時代に建てられたものだ。

もともとは浅草でカメラ部品の製造業を営んでいた山本栄之助翁の自宅だった。山本翁はこの地が気に入ったようで、関東大震災後、柴又の地に移り住み、以後四代にわたって、区の管理になるまでは個人宅として使用されていたのだという。

葛飾区のホームページによると、山本亭は、当時にしては珍しい二世帯住宅である。書院造りの母屋には、白漆喰塗りの土蔵がある。伝統的な和風建築だが、洋風の建築の趣もある。玄関脇の洋間には、壁にステンドグラスがはめ込まれた窓があり、かなりモダンなしつらえになっていたのだろう。

築山《つきやま》や滝などのある書院庭園を大広間から眺めていると、鳥のさえずりと池水の流れる音が聞こえてくる。ここが東京とは思えないくらい、緑に囲まれて、静かである。風流といってもよいくらいだ。

本日も、「花の間」の床柱を背中に庭を眺めながら、ぜんざいとお茶をいただくことにした。

妙齢の女性たちの一団が、庭園を囲む渡り廊下から大広間に入ってくる。大学生らしいカップルもよく見かける。隣接地の「寅さん記念館」とチケットがセットになっているからだろう。

それにしても、大正末期から昭和にかけて、栄華を極めた山本翁の時代から四代続いたこの家では、どんな暮らしが繰り広げられていたのだろう。立派な庭を眺めていると、遠い昔の柴又に時代を遡《さかのぼ》って、勝手に妄想《もうそう》が働いてしまう。

山本翁の写真が、入館受付の壁に飾ってあった。

静かに目を閉じてみる。瞼の裏に現れた山本翁に、わたしは憑依《ひょうい》されそうになっている。

＊＊＊＊＊＊＊

ドド、ドーン！

シュル、シュル、シュル、シュルル──！

江戸川の土手から花火が上がった。漆黒の闇の中を昇っていった尺玉の芯《しん》が、300mの上空で弾けた。

パチ、パチ、パチ、パチ、シュー！

破裂した芯から小玉の火薬が散って、丸く開いた花輪の先端が、星のように点滅した。発色して輝いたのは、ナトリウムの黄とマグネシウムの白。

そして、ふたたび漆黒の闇が戻った。


柴又の花火大会の日。

浴衣《ゆかた》を着た息子の嫁が、縁側の敷石に腰かけて、涼し気に団扇《うちわ》を煽《あお》いでいる。上野の音楽学校を卒業してすぐに、長男とお見合いをして山本家に嫁いできた。ほどなくして男の子が生まれたが、嫁姑《よめしゅうとめ》の折り合いは、いまひとつよろしくない。少し気がかりだ。

♫チリーン、リン、リン

庭先で風鈴《ふうりん》が静かに揺れて、涼しげな音を発している。

「おひさしぶりです。子供たちを花火見物に連れてきました」

宮家に嫁いでいった次女が、今夜は里帰りしている。家族全員で離れに泊まっていくつもりらしい。亀戸《かめいど》に住んでいる長男の子供たちも、柴又の花火を見物にやってきた。

孫たちは、先ほどまで、戦時中に掘られた防空壕《ぼうくうごう》で、かくれんぼをして遊んでいた。いまは仲良く、花火を見ながら、亀戸の「升本《ますもと》」から届いた仕出し弁当に舌鼓を打っている。

ひさしぶりに集まった大人たちは、うな重や鯉の洗い、お刺身など、割烹《かっぽう》「川甚」の川魚料理で、杯を交わしている。厨房《ちゅうぼう》では、女たちが宴席の用意をしながら、ご近所さんや会社の人事の噂話をしているようだ。

「おかえりなさい。あなた、皆さんが大広間でお待ちですよ」

女房と長男の嫁が、玄関口まで迎えに出てきている。

わたし(山本翁)は、花火が打ち上がる時刻に合わせて、浅草のカメラの部品工場から戻ってきたところだ。長患いをしている伯母が、東向島に住んでいる。病気見舞いがてら、帰宅途中に伯母の家に立ち寄ってきた。

黒塗りの人力車を、浅草の部品工場と柴又の家を行き来するのに使っていた。玄関脇には、編み笠を被《かぶ》った人力車夫がいつも控えている。

広い敷地の居宅を警備するために、夜間はドーベルマンを放し飼いにしている。孫たちは、獰猛《どうもう》そうな犬の目をみて怖がっていた。

＊＊＊＊＊＊

携帯電話の甲高《かんだか》い話し声で、長い妄想からわれに戻った。先ほどから、「月の間」の座卓にＰＣを置いて、眉間《みけん》にしわを寄せながら仕事をしている若者がいた。電話の話の様子からすると、ＩＴ系のエンジニアらしい。

こんな風雅な場所で、なんと無粋な振る舞いか。意見をしようと思ったが、思いとどまった。若者と言い合いにでもなれば、静かに庭を眺めている客にも迷惑がかかる。

仕事の連絡らしい通話は、数分で終わってくれた。そろそろわたしも、ここから退去することにしよう。

2 秘書さんと浅草デート：「桜なべ中江」、「浅草演芸ホール」

2021年7月18日（日曜日）

梅雨が明けた途端に、酷暑の夏がやってきた。

外気温が34度の日に、東京下町の浅草界隈を散策した。緊急事態宣言などどこ吹く風で、浅草寺の仲見世通りの人混みはすごかった。

お目当ては、「桜《さくら》なべの中江《なかえ》」。明治38年創業の老舗で、建物は隣の「土手の伊勢屋」とともに、都の有形文化財に指定されている。この界隈は、江戸時代から明治にかけて、桜なべの店が軒を連ねていたらしい。

中江の店は、浅草寺・雷門《かみなりもん》から少し離れたところにある。

いつもは「神谷《かみや》バー」の前でタクシーを拾うのだが、昨日は池袋駅行きの都バスに乗った。ソープランド街がある吉原大門前の停留所で降りて、大通りを挟んで信号を反対側に渡った。

「土手の伊勢屋」の前には、紫色の琉球朝顔がこんもりと茂っている。ランチタイムだけの営業なのに、伊勢屋はいまでも大人気店だ。

12時少し前で、20人ほどが店の前に並んでいる。立っているだけでも暑い。汗がじっとりとシャツを濡《ぬ》らす。いつもより客層が若い感じがした。

ランチを予約しておいた中江のほうは、店内はひっそりとしている。その時点で、お客は2組のみ。何年かぶりで訪問することにしたので、店主に事前に電話を入れておいた。

「桜なべ中江」。070―で始まる携帯の番号が、スマホの電話帖に残っていた。懐かしい声だった。数分、短い会話をして、「また、のちほど」と電話を切った。

数年ぶりの中江は、店のつくりはほとんど変わっていなかった。

上《あ》がり框《かまち》で下駄箱にシューズを載せて、検温装置に顔を寄せる。平熱の36・5度。

下町デートの約束をしている相方が来るまでの間、事前にメニューをチェックしておいた。ランチタイムの桜なべセットは、3種類ある。値段は昔とあまり変わっていない。

待ち合わせの正午ちょうどに、浅草散策を約束した森田さんが現れた。

ひさしぶりの桜なべは美味しかった。

「中江さんのさくら肉（馬肉）、やわらかかったです」と大満足でランチタイムを終えた。

森田さんは顧問を務めている会社の事務員さんだ。彼女は、社長秘書の仕事も兼務している。仕事面で彼女はとても大切な人である。

会社のオフィスは、神田小川町《かんだおがわまち》にある。生まれも、都心から40~50㎞ほど西の方向にある、あきる野市。

だから、浅草界隈はめったに訪れることがないだろうと推察して、ランチのあとは、浅草演芸ホールで落語鑑賞をすることを提案した。

中江では、12時から食事を始めて、1時間半ほどランチタイムを楽しんだ。浅草演芸ホールに着いた時点で、時刻は午後2時を少しまわっていた。木戸銭は3000円。このご時世なのか、昔と比べて、かなり値上がりしている。

客席に続くドアを押して中に入る。通路は、トイレの臭いがする。建物の設備がやや古いのか、換気の具合がよろしくないとみえる。

着席してからぐるりと周りを見渡すと、1~2割の客の入りだった。落語家さんが、高座《こうざ》から一瞬で客数がカウントできる程度の入りだ。こんなときは、くすぐりを入れても、いまいち客の反応が鈍いものだ。

中入りの直前で、演者は古今亭寿輔《ここんていじゅすけ》さん。噺《はなし》はなんだったか忘れたが、盛り上がりに欠けた高座になった。寿輔さんは、首をふりふり、すごすごと楽屋に退いていった。昼席の寄席ではよく見かける風景ではある。

令和3年7月18日（日曜日）プログラム
【昼の部】
（中略）
落語　古今亭　寿輔
中入り
講談　神田紫
漫才　京太・ゆめ子
落語　三遊亭　遊吉
落語　桂　歌春
曲芸　ボンボンブラザーズ
昼の部主任
落語　春風亭　柳橋

大喜利
「アロハマンダラーズ」
終演

中入り後は、少しずつ場内の雰囲気が変わっていった。観客が増えてきたこともあるが、寄席の雰囲気は聴衆が作り出す。

落語や漫才の鑑賞に慣れている客がいると、その人たちの笑いで舞台の雰囲気が劇的に変化するものだ。いずれにしても、歌春《うたはる》さんが高座にあがるころには、笑いの質と客席の反応が変わっていた。


梅雨明けの日曜日、楽しい一日が終わった。

桜なべから落語鑑賞へ。浅草寺でお参りをして、都営浅草線の駅前の花屋さんで、彼女にハーブの鉢をプレゼントして別れた。

接待の出来は上々だっただろうか？

落語や漫才、曲芸は、たまに行くとおもしろい。やっぱり下町散策はいいですね。また秋になって、下町を一緒に歩いてくれる相方を募集します。

3 明治の柿茶色が令和のいまに蘇る

2021年8月27日（金曜日）

先月末に、元の学部ゼミ生の仲良し3人組と、1泊2日で北関東へ小さな旅を敢行した。埼玉県寄居町《よりいまち》の鮎《あゆ》の宿「沈流荘《ちんりゅうそう》　京亭《きょうてい》」に宿泊して、鮎会席を楽しむためである。

京亭は、『鬼平犯科帳《おにへいはんかちょう》』の作家、池波正太郎《いけなみしょうたろう》さんの定宿《じょうやど》として知られている。江戸川の上流、荒川の崖上《がけうえ》にある瀟洒《しょうしゃ》な温泉宿である

旅の終わりに、珍しい朝顔の苗をもらった。1泊して東京に戻るわたしたちに、宿を予約してくれた木村君からのお土産だった。

今年から地元で始まった寄居町の朝顔市で、前日に購入した「団十郎《だんじゅうろう》」という朝顔だという。耳慣れない品種名である。丸咲きの朝顔で、花色は「柿茶色《かきちゃいろ》」というらしい。

団十郎は、明治初期に入谷《いりや》の植木職人・成田屋留次郎が、屋号の「成田屋」として販売していた朝顔の品種とのこと。当代人気の歌舞伎役者・九代目市川團十郎の「三升《みます》の紋」が柿色だったことから、いつしか「成田屋」が「団十郎」と呼ばれるようになったそうだ。

一世を風靡《ふうび》した団十郎ではあったが、九代目團十郎の死（明治36年）とともに、同名の朝顔の品種も廃《すた》れていくことになる。

そこから100年の月日が流れていく。

団十郎朝顔の復活は、2010年代。ひっそりと生き延びた種子を増殖して、平成22年に、入谷朝顔市で試験販売したのが復活の最初だったようだ。

その後、団十郎は、少しずつ人気が出ていく。とはいえ、いまでも、一般家庭で育てる品種として、団十郎が大々的に普及している様子はない。その訳は、実際に育ててみて納得することになった。

朝顔の苗を自宅に持ち帰ったのが7月25日。ところが、蔓《つる》はどんどん伸びていくのだが、なかなか花が咲いてくれない。

今年の夏は、例年より長雨が続いていた。そうかと思えば、35度を超す暑い日が連続していた。一方で、わが家の玄関では、ふつうの朝顔（青系とピンク系）はどんどん花を咲かせている。

そうなのだ。団十郎は、繊細で育てるのが難しい朝顔なのだ。この1週間は、水まきやら蔓の手入れやら、それまでよりも丁寧に団十郎の世話をしてあげることにした。

毎朝、リビングを通るときには、「団十郎さんが無事に花を咲かせられますように」と招き猫のマーニーに祈ってもらっていた。お供えも忘れず、きちんと千円札をマーニーのポシェットに入れてあげた。

するとどうだろう。今朝方に突如、1輪だけ大きな柿茶色の花を咲かせた。感激である。長く待っていた友達がやってきたようで、とてもうれしかった。

早速、写真を撮って、友人たちに団十郎の画像を送信した。

友人たちからは、思い思いの印象が戻ってきた。

「シックで繊細な団十郎は、大人が育てる朝顔です」

「青系の朝顔にはない、楚々《そそ》とした上品さがありますね」

その後は、毎朝1輪か2輪、日によっては3輪。10月の中ごろまで、大輪の花を咲かせ続けてくれた。

令和の時代に、わたしの周りで、明治の庶民たちの間で起こった、柿茶色の朝顔ブームがひそかに到来しそうだ。

4 Shall we Dance? 斜行ダンス

――2021年11月11日（木曜日）

寒くなると、秋田出身のわたしは、きりたんぽ鍋が恋しくなる。だから、親しい友人たちに声をかけて、門前仲町の秋田料理店「男鹿半島《おがはんとう》」で忘年会や新年会などを開いている。

店主の堀さんは、同郷の友人である。美味しい鍋を提供するため、比内地鶏《ひないじどり》やセリはもちろんのこと、ネギやキノコ類まで毎朝、秋田空港から門前仲町の店まで冷蔵便で直送している。

男鹿半島のきりたんぽは、自家製である。堀さんが、店内にある囲炉裏端《いろりばた》で、炊き立ての「あきたこまち」を杉の大串に巻いて焼いている。以前は、業者から仕入れていたが、品質に満足がいかなかったようで、堀さんが自分で作るようになった。

昨夜は、男鹿半島で村田監査役の送別会を行った。

花の業界団体「日本フローラルマーケティング協会」を設立してから、村田さんには、

20年近く社団法人の監査役を務めていただいた。新潟県の出身で、仲介役で友人の遠藤顧問と松島事務局長を交えて、この日は4人で村田さんのお別れ会を開いた。

白髪紳士の村田さんは、御年78歳。ご自分が始められた会計事務所を後進に譲って、来月には故郷の新潟に戻られるとのこと。実直なお人柄で、年1回の会計監査報告のときは、生真面目《きまじめ》な雰囲気で会計監査報告をなさっていた。

ところが、お別れの宴席故《ゆえ》なのか、昨夜の村田さんは人が変わったように、実に愉快にふたりの若いころの話をしてくれた。

村田さんと遠藤さんは、新潟県上越市《じょうえつ》にある高田高校で同級生である。

高校時代のふたりは、お互いに遠い存在だったらしい。村田さんは剣道部の部長で、遠藤さんは新聞部の主筆。部室も剣道部は建物の一番右側で、新聞部の部屋は一番左側にあった。

左翼と右翼のふたりはともに、1年目の大学受験に失敗した。そして、ふたりとも東京に出ていかないで、自宅浪人をすることになった。

翌年にめでたく、村田さんも遠藤さんも東京の別々の大学に合格できた。卒業後は、遠藤さんはジャーナリストになり、商業誌の編集長を長く務められた。村田さんは、税理士となり会計事務所を設立して今日に至っている。

高校時代は、硬派の村田さんより軟派の遠藤さんのほうが、学年に10％しかいない女子学生にはモテモテだったらしい。

遠藤さんは長身である。学生時代は、女子たちから「アラン・ドロン」と呼ばれていたらしい。「本当に？」と思わないでもないが、新聞部所属の遠藤さんは、女子学生たちに自由にインタビューできるというアドバンテージがあったからかもしれない。

一方、硬派の村田さんは、3年間の在学期間中に、女子学生に声をかけられたことは一度しかなかったという。

校内で男子から一番人気のあったマドンナがいた。ある日、その女子学生と階段ですれちがう。村田さんにとっても、あこがれの君だったはずだ。

狭い階段を下りてきた彼女と、村田さんはすれちがいざま、ちょっとだけ体がぶつかってしまう。

「すみません、大丈夫でしたか？」（村田さん）

「はい」（マドンナ）

それだけのことである。この瞬間が、高校生の村田さんにとって、女性と言葉を交わした唯一の機会だったそうだ。

そこから、40年の歳月が流れる。

社会人として終わりが近づくにつれて、村田さんに突如のモテ期が訪れる。50代の後半から、村田さんは社交ダンスを始めることになったのだ。

剣道3段の村田さんが社交ダンスに興味を持ったのは、リチャード・ギア主演の映画『Shall we Dance?』を見たことがきっかけだった。1996年の日本版（『Shall we ダンス?』役所広司《やくしょこうじ》主演）は、わたしも見たことがある。

「映画のシーンで、リチャード・ギアがバラの花束を持っていく姿、かっこよかったですよね」（村田さん）

どちらにしても、社交ダンスを始めたことで、60歳を間近にして、村田さんに人生初のモテ期が到来することになった。

村田さんが通う社交ダンス教室は、シニアのメンバーで構成されていて、男性1に対して女性3くらいの比率になるという。

それだからではないが、教室に男子が入っていくと、「女性たちが自分たちを待ち構え

ている感じになる」（村田さん）
ところが、リチャード・ギアばりに練習に没頭する村田さんに、ひとつ大きな問題が起こってしまった。経験がないのでよくはわからないが、社交ダンスでは、男性が女性を抱きかかえるようにするのだそうだ。
「女性は男性を道具として見てます。つまり、自分がきれいに踊れるようになるための支えの道具ですね」（村田さん）
結果として、男子は右手に大きな荷物をぶら下げているような感じになるという。女性の全体重を、右の腕一本で支えなくてはならない。
そんなわけで、あるときから村田さんは、右腕を壊してしまう。
「そうなんです。シニアですから年齢的に、どちらもふらふらしていますよね。男性は女性に引っ張られるように踊るので、社交ダンスではなくて〝斜行ダンス〟になってしまうのです。ワッハッハ」（村田さん）
村田さんのダンス人生にとって、さらに悪いことが起こってしまう。
ダンス教室の先生は、同じくらいの技量の男女を選んで、パートナーとして踊らせる。
村田さんには、踊りを始めてから十数年間、ペアで踊ってくれたパートナーがいた。巣鴨の「とげぬき地蔵」にある、理容院の奥さんである。年齢もちょうど同じくらい。

ところが、3年前に村田さんは心臓の手術を受けることになった。

弁膜症の手術を受けるにあたって、村田さんはパートナーさんに宣言した。

「鉄腕アトムになって戻ってきますから、待っていてくださいね」

心臓の手術は成功したが、ダンスができる状態ではなくなってしまった。

「もはや軽やかにステップを踏むことができず、体が動かなくなりましてね」（村田さん）

二度と踊れなくなってしまった村田さんは、ある日、ペアを解消することになったパートナーさんに謝るために、スタジオに出かけていった。

村田さんの謝罪の言葉に、パートナーさんは笑って答えたという。

「鉄腕アトムじゃなかったのね。村田さんは」

ダンス人生も終わり、村田さんは来月、生まれ故郷の新潟に帰っていく。

「昨日のこの話、ブログに書いてよろしいですよね」というわたしの確認の電話に、村田さんはうれしそうに答えてくれた。
「そんなにおもしろい話でもないでしょう」（村田さん）
「いやいや、斜行ダンスには笑ってしまいましたよ」（わたし）

第6章 遠い時間、子供たちの未来

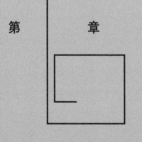

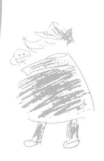

2021年8月12日（木曜日）

1 誕生日と命日、その赤ちゃんは生まれ変わり？

昨日は、3年前に亡くなった母・和歌《わか》の誕生日だった。

誕生日は8月11日、命日は4月1日。数日前に、白井の小田川梨園さんから、板橋に住んでいる妹宅宛《あて》に、暑中見舞い代わりに梨を手配してあった。

昨日の午前中に、妹からお礼のメールが届いた。「兄さん、今日はお母さんの誕生日よ」と、11日が母親の誕生日であることを教えてもらった。

うっかりすると、母親の誕生日を忘れてしまう。いや、実際に忘れていた。妹に言われて初めて気がついたのだった。

「夏のころだったかな？」くらいの感覚になっている。

40年前に、父は60歳で亡くなっている。その父親の誕生日のほうは、完璧に忘れてしまっている。ただし、命日のほうは覚えている。亡くなった10月20日が、わたしの誕生日の3日前だったからだ。

召集令状が来るまで、父は神田にある夜間の専門学校に通ってから、三菱重工に務めていた。新聞配達で鍛えていたので足が速かった。三菱重工では陸上部所属の駅伝選手で、優勝記念メダルをたくさん獲得したと自慢していた。

「空襲でみんな焼けてしまって、何にも残ってない」と、酔っぱらうと残念そうに話していた。

大正9年の生まれで、11人兄弟の末っ子である。「(自分の戸籍上の)誕生日も、かなり怪しいものだね」と本人も話していた。だからではないだろうが、父の誕生日をお祝いした記憶がない。

妹から母の誕生日をリマインドされたので、昨日は、ちょっとセンチメンタルな気持ちになった。誕生日を忘れてしまっていることに対する反省でもある。

まだ、痛めた足と腰が万全ではない。少しずつ動けるようになってきたので、運動がてら、夕方は自転車で水元公園まで行ってみた。

その帰り道に、新柴又のケーキ屋さんに寄って、ケーキをふたつ買って帰った。食事のあとにでも、かみさんとふたりで1日遅れの母親の誕生日を祝いたいと思ったからだった。

ちなみに、かみさんは、わが母の誕生日をしっかりと記憶していた。母親の生前も、嫁の立場からいつも気にかけて暮らしていたからなのだろう。嫁姑の関係だから、難しいこともあったのだが、ありがたいことだ。

ところで、昨日は、ある偶然が起こった。元大学院生の徳永奈美《とくながなみ》さんから、娘さんの三貴ちゃんの赤ちゃんの写真が送られてきた。

徳永さんは、「ブーランジェベーグ」というブランド名で、埼玉県を中心にパン屋さんを20店舗、他にもレストランやカフェなどを運営している女性経営者である。

娘さんは臨月に入っていて、そろそろ生まれるころかなと思っていた。それが、午前中に無事に2番目の女の子が誕生していた。

三貴ちゃんは、学部の卒業生である。就職の世話をしてあげたこともあって、徳永家とは家族ぐるみでお付き合いが続いている。

赤ちゃんの写真をスマホ画面で確認したあと、奈美さんにはすぐに返信した。

「おめでとうございます（祝）。3年前に亡くなったわが母親と、赤ちゃんの誕生日が同じですね。8月11日。生きていれば、92歳です」

奈美さんから早速に返事が戻ってきた。

「呉服屋の立派な女将《おかみ》さんだったのですよね」

たしかに一時的ではあったが、羽振りのよい地方の呉服屋の女将だった。いつも着物姿で、背筋がしゃんと伸びていた。


しばらくして、三貴ちゃんからも、赤ちゃんの写真が送られてきた。奈美さんへの返信と同じことを彼女にも伝えた。

生まれたばかりの赤ちゃんは、和歌さんの生まれ変わりなのだろうか？　三貴ちゃんには、次のように返信した。

「成績優秀な子で、将来は女傑になりますよ」

赤ちゃんはきっと幸運に恵まれるだろう。聡明《そうめい》な母親と働きものの旦那さん。鹿児島出身の旦那さんは、わたしが就職を世話した会社で、三貴ちゃんと出会った。本当にそうなるだろう。


お菓子屋さんに寄った帰り道、江戸川の土手に回った。

夕暮れで曇り空。土手の上は、爽《さわ》やかな風が吹いている。自転車をこぎながら、なんだか悲しくなった。不覚にも涙がこぼれそうになった。

そうなのだ、連れ合いを早くに亡くした晩年の母親は、商売でかなり苦労をしていた。

そして、わたしはと言えば、母親になんの救いの手も差し伸べることができなかった。

わが弟の三男坊が、呉服屋を継承したからだった。経営学者だから、一般人よりは商売のことはわかるつもりだ。多くの企業の経営相談にも乗ってきた。でも、兄貴だからといって、実家の商売については、弟に余計なことは言うまいと心に決めていた。


それが良かったのか悪かったのか。いまでもよくわからない。しかし、それ以外の選択肢はなかっただろう。

ただし、それでも、はっきりしていることがひとつだけある。この先、わたしが生きている限り、和歌さんの誕生日は忘れないようにしよう。そう心に留めたのだった。

2 古希のお祝い、ケーキのローソクはなぜ7本？

――2021年10月24日（日曜日）

昨夜のことである。わたしは古希を迎えた。そして、家族が満70歳の誕生日をケーキで祝ってくれた。

かみさんが、新柴又の人気の洋菓子店「ビスキュイ」で、抹茶《まっちゃ》のバウムケーキを買ってきてくれた。甘いクリームに、バウムクーヘンを土台にした小さなケーキである。

食事が終わった8時すぎに、誕生会のパーティーを始めることを決めていた。千夏は風邪を引いて、咳《せき》と鼻水がひどく先に寝てしまったようだ。3階からは、次男夫婦と飛鳥が降りてきた。誕生日を抹茶ケーキでお祝いするためだった。

かみさんが、ケーキボックスをそろそろと開けて、中からクリームたっぷりのケーキを取り出した。


ローソクは、古希の7本。本当は70本だが、省略して7本を準備した。小さなビニールの袋から、理容室にある青と赤のスパイラル模様の、細いローソクを取り出した。

ローソクに円陣を組ませて、ケーキの上から7本を突き刺した。今日がわたしの誕生日だと飛鳥は知っている。70歳になったこともわかっている。だから、怪訝そうにわたしに尋ねた。

「わんすけ。70なのに、どうしてローソクは7本なの?」

飛鳥の疑問にわたしは答えた。

「(飛鳥は)まだ70まで数えられないでしょう。だから、ローソクは7本にしたのよね」

本当のところ、春から小学生になる飛鳥は、100まで数えられそうだ。不思議な顔をしたまま、8等分にされた抹茶ケーキのひと切れにフォークを突き刺して、自分のポーションを黙々と食べ始めた。

ついでに、「わんすけさん、70さいのたんじょうび、おめでとう」とクリームで文字が書いてあるチョコレート板を、わたしからもらって食べていた。しかし、ケーキは最後の一口を残して、小上がりのこたつの布団に横になって潜り込んだ。


飛鳥は買い物で疲れてしまったらしい。午後に、新小岩の「サイクルベースあさひ」で、両親から新しい自転車を買ってもらった。

最初は、わたしも贔屓にしている金町のサイクルベースあさひで自転車を見ていたが、気に入ったモデルがなかった。店員さんに連絡してもらって、お気に入りがある新小岩の店に次男の車で移動した。

次男の車に自転車を積んで、そのまま持ち帰ったらしい。新しい自転車に乗って、はしゃぎすぎて疲れたのだろう。

飛鳥は来年7歳、小学1年生になる。

近いうちに、本当のことを飛鳥に教えてあげようと思う。

「大人さんはある年齢を過ぎたら、ローソク10本を1歳と勘定するようになるんだよ。でも、飛鳥はまだ小さくて6歳だから、ローソクの数を置き換えなくていいのだよ。

来年は7歳になるから、誕生日が来たら、わんすけのローソクより小さいやつを吹き消そうね」

3 不思議と静かな東京マラソン2021

2022年3月6日（日曜日）

足腰を傷めて歩けなくなって、約1年が経過していた。

本日、東京マラソンを完走した。足腰がまったく動けなくなった状態からの復帰である。屈辱的なゴールタイムだったが、どうにか完走はできたのでやれやれである。

皇居前のゴールで受け取ったメダルには、「2021年10月17日」と刻印されていた。

開催が最初に延期された日付けである。2日前に、ビッグサイトの受付で渡されたバッグには、「2020年3月1日」の完走メダルが封入されていた。

わたしたちランナーは、幻のメダルを2個いただいたことになる。

コースを熟知している東京マラソンでは、これまでサブフォー（4時間以内）を二度達成している。それなのに今回のゴールタイムは、6時間を超えてしまった。

今回の東京マラソン2021は、実に静かなレースになった。

東京マラソン財団の事務局からの通達では、沿道からの応援が事前に禁止されていたからだ。

いつもなら、海外から参加してくるランナーも多く、沿道からの応援もあって、国際色の豊かなマラソン大会になる。ロンドン、ニューヨーク、シカゴ、パリ、ボストン、ベルリンと並んで、東京マラソンは、世界のマラソン大会で「メジャー7」に属する権威ある大会である。

海外からエリートランナーは招待されたが、今回に限って、一般の部は、事実上は日本人ランナーだけの参加になった。

スタートは9時5分。外気温は7度。

東京マラソンはいつも、ひどい寒さの中で実施される。とても寒いので、ランナーはビニールの袋やかっぱを用意して被っている。

スタートと同時に、わたしたちランナーは、防寒具を回収用のかご車に投げ入れる。ふだんのレースでは、脱いだビニール袋を道端に投げ捨てるのだが、今年に限ってなのか、ランナーは丁寧にボランティアの方たちに手渡している。

トイレも長い順番待ちだったが、文句を言う人は誰もいない。ランナーたちは無言でトイレ待ちをしていた。

都庁前をスタートして約30分。

5km地点の飯田橋駅前で、卒業生の花畑さんが沿道から手を振ってくれた。沿道での応援は禁止されている。声掛けはできない。

本人から後に聞いたところ、「先生、スピードが速くて、一瞬で先に行ってしまいました」との感想だった。

そのままのペースで、中間点までは2時間半を切っていた。体調そのものは悪くはなかったはずである。

10㎞地点。浅草の雷門を折り返して、蔵前通りを戻ってきた。スタートして15㎞あたりからペースが落ち始めた。ふだんと比べて、沿道から応援が少ないので、走るモチベーションが落ちてしまう。

2019年の大会では、蔵前付近でランナー仲間の村瀬さんが「先生頑張って！」と手を振ってくれた。蔵前橋通りの交差点に、村瀬さんの姿が見えない。落胆も加わって、足が重くなる。

中間点を過ぎた。森下付近で、3年前は中学の同級生が、私設のエイドステーションを設けてくれていた。立ち止まって栄養ドリンクを補給させていただいた。大横川《おおよこがわ》の橋の袂に、いつものエイドステーションが見当たらない。知っている顔が捜せなかった。

第2折り返し地点は、門前仲町。富岡八幡宮《とみおかはちまんぐう》前で、「群馬レーシングチーム」の仲間が、カメラを持って待ち構えてくれていたものだ。今年は、自宅でテレビ観戦でもしているのだろう。

30㎞地点。銀座に戻ってきた。例年だと、応援で人混みができる場所だ。ここでも歩いている人がちらほら。国道1号線を品川方面に向かう。ペースが1㎞8分まで落ちている。

32km地点。両足が痙攣《けいれん》しそうになった。このままだと、第3折り返し地点の田町《たまち》まで足がもちそうにない。足裏の豆が破れそうだ。練習不足で走ったときによくあることだ。35km時点。足が止まった。残りの7kmは、皇居広場前のゴールまで歩く決断をした。後半を自重したのは、今週末に、大学院で最終講義があるからだった。マラソン人生はこの先も続いていく。東京マラソンが最後ではない。

今回で、東京マラソンは12回連続の完走になる。45歳のとき、ホノルルマラソンから走り始めて、通算で48回目のフルマラソンの完走だった。50回の完走まであと2レース。

3年ぶりで東京マラソンを完走した翌日から、全国各地で再開されているハーフマラソンにエントリーを始めている。次の目標は、ハーフでふたたび2時間を切ることだ。

なお、鮨友の礼子さんも、東京マラソンを完走していた。ワクチン接種後に高熱が出て苦しいレースだったようだ。それでも、ゴールタイムは、5時間30分だったとのこと。

4 みどりバス、ピンクバス、お稲荷屋さんのバス停

2022年3月19日(土曜日)

ピンク色の幼稚園バスが、呉服屋さんの角を右に曲がった。バスを待っているわたしたちから、フロントガラス越しにハンドルを握っている運転手さんの顔が見えた。

送迎バスは幼稚園を出発してから、「さくらみち」を通って、それぞれの家の前でひとりずつ園児を拾ってくる。今年は、桜の開花が早そうだ。1週間もすれば、さくらみち沿いの並木道は淡いピンク色のトンネルになる。

飛鳥がバスに乗り込む「停留所」は、お稲荷屋さんの前だ。送迎用のルートマップ上では、あとから10番目のバスストップになる。

到着予定時刻は、8時25分。その日の天候や園児の数で、バスがやってくる時間は多少前後する。

引っ越してきたとき、孫の飛鳥は幼稚園の年少さんだった。

身長は90㎝、体重18㎏。年少の園児としては、やや大柄である。体が大きいこともあっ

て、クラスでは「仕切りやさん」で通っている。

幼稚園には、2台の送迎バスがある。初めに乗ったバスは、いまと同じピンク色だった。年中さんになって、バスの色がみどりに変わった。どちらの色のバスになるかは、送迎バスのコース取りと、その年の園児の数のバランスで決まるらしい。

妹の千夏が通っている保育園は、始業時間が遅い。兄が乗り込むバスを見送るために、ほぼ毎日、母親と一緒にお稲荷屋さんの前に並んでいる。かみさんも、ピンクバスを見送ってから出勤する。わたしは、朝早くに起きられたときだけ、バスに手を振ることにしている。

千夏もピンクバスに乗りたいようだが、通っている保育園は、わが家の徒歩圏内にある。送迎バスに乗るチャンスは、永遠に巡ってこないだろう。


お稲荷屋さんは、「味吟《あじぎん》」という屋号である。福島県出身の田中さんが、ご夫婦ふたりで店を切り盛りしている。わが家からは歩いて1分、バスが通り抜けできるくらいの通り沿いにお店がある。

田中さんは、浅草のいなり寿司専門店に20年ほど勤めて、のれん分けで高砂に店を構えた。ご夫婦が結婚した年と商売を始めたときが重なる。今年で創業37年になる。味吟さんのお稲荷さんには、表面にケシの実がまぶしてある。すし飯はほんのりと酢が効いていて、これが絶品である。

わが家が味吟さんのお客さんになったのは、引っ越しから半年後の5月の連休である。親戚一同が集まったとき、いなり寿司とかんぴょう巻を購入したことがきっかけだった。ご近所さんの情報に詳しく、何かと鼻が利く、みずちゃんが探してきた店だった。

ところで、一般の園児は、自宅の前でバスに乗り込むルールになっている。ところが、わが家だけは例外で、お稲荷屋さんの前をバス停にしている。

家の前の道幅が狭いので、30人乗りのスクールバスは入ってこられない。ただし、初めから味吟さんの前がバス停になっていたわけではなかった。

初年度の春先に、幼稚園は飛鳥のために、味吟さんの隣の路地にバスを停めるよう指示を出していた。飛鳥はしばらくの間、園から指定された場所でバスに乗り込んでいた。

ここから先は、その後に親しくなってから、味吟の旦那さんから聞いた話である。

引っ越して初めて迎えた、5月の連休前のある日のことである。

午後のバスで戻ってくる飛鳥を、みずちゃんが路地まで迎えに来ていた。さようならの挨拶を終えて、ふたりが味吟さんの店に入った。その日が初めてで、お寿司を買うためである。

「飛鳥君が店に入るなり、鼻血を出してしまったんですよ」(田中さん)

興奮すると、飛鳥は鼻から血を出してしまう癖がある。奥の部屋から取り出してきたティッシュペーパーを、田中さんは飛鳥に渡した。

「鼻血はすぐに止まったんですが、しばらくは安静にしている必要がありましたから」

みずちゃんが田中さんに、わが家のことを説明したらしい。引っ越しのこと、子供たちの入園のこと、わたしたち家族の仕事のこと。

帰り際に、奥さんから、飛鳥はハーフサイズのかんぴょう巻をもらってニコニコしていたとのこと。

飛鳥の鼻血事件の話をしてくれたとき、味吟さんが実にうれしいことを言ってくれた。

「飛鳥君もいい子だったけど。なにせ、高砂であんなベッピンさんがいたなんて。この辺りでは、いままで見たことがないですから。お嫁さん、美人さんですね(笑)」

5月の連休が終わって、しばらくして梅雨がやってきた。

そのころになると、午後のお迎えに、ときどき妹が加わるようになった。そして、雨の日には、送迎バスがお稲荷屋さんの軒先に停車するようになった。看板のビニールの庇《ひさし》が、雨避《あまよ》けになるからだった。

「お稲荷屋さん、いつのまにか、うちの子たちをVIP待遇するようになったんです。あんなにしてもらって、いいんですかね」（みずちゃん）

停留所が味吟さんの前に変わっただけではなかった。夏が来ると、飛鳥は早めに家を出て、送迎バスを味吟さんの店内で待つようになった。店の中で涼むためである。

「おはようございます」の挨拶が元気に言えると、奥さんから兄妹に、アイス最中《もなか》のご褒《ほう》美《び》が用意されていた。

秋が来るころになると、ほぼ毎日、田中さんご夫妻は外に出てバスの到着を待つようになった。おふたりの様子を見て、特別なことがない限りは、わたしもお見送りの行事に参加するようにした。

そうこうしているうちに、ご近所さんの間で、ある噂話が流布するようになった。毎朝の送迎風景を見ているからなのだろう。「味吟さんは、お嫁さんのご実家なんですよね」という話を、ご近所さんが信じるようになっているらしかった。

午前8時20分。今日は、飛鳥の最後の登園日である。少しだけバスの到着時間が早い。そう言えば、バスが早めに到着して、わたしたちは何度か出遅れたことがあった。そんな時は、味吟さんがバスの到着を知らせるべく、わが家の玄関口まで走ってきてくれた。

送迎バスが、味吟さんの前に停車している。いつもは見送りに参加できない次男の姿もあった。先生がバスのステップから降りてきて、わたしたちに、最後の「おはようございます」の挨拶をした。

お見送りのメンバーは、わが夫婦と次男夫婦、それにふたりの孫で合計6人。おっと、実家（笑）のジジババも入れて8人でした。

5 新しい門をくぐる、孫たちの入学式

2022年4月12日（火曜日）

ふたりの男の子たちが、今年は揃って1年生になる。

住んでいる場所が東京と神戸で離れているが、幸いにもふたりの男の子たちを玄関で見

送ることができた。

高砂の飛鳥は、4月6日が入学式だった。翌日からは、小学校まで集団登校が始まっている。自宅から右折1回で、50mの近距離通学である。

神戸の良介《りょうすけ》は、少し遅れて11日が入学式だった。昨日から神戸市の小学校に通学を始めている。お姉さんの咲良《さくら》と一緒の登校になる。


時節柄、どちらも入学式は親だけの参列になった。昨日、わたしたちは神戸の長男のマンションで、式典が終わるのを待った。

神戸の入学式へは、長男の侑と美緒《みお》さんの両親ふたりが参列できたが、高砂の小学校の場合は、父親の将暉だけの参列になった。

つまり東京では、母親のみずちゃんは、至近距離にある自宅でわたしたちと、男の子チームの帰りを待った。


大学でも小中高校でも、人的な接触を避けるため、学校行事が実施されずに2年間が過ぎた。

子供たちの教育から、対面授業やコンタクトのある遊びの時間が失われている。大学も同様である。わがゼミ生たちも、年2回の合宿と期末の懇親会の機会を失った。マスク越しで顔認識が不十分のまま、今年もまた12人が卒業していった。なんとも歯がゆい気持ちである。

それでも、ゼミだけは対面で授業を行ってきた。振り返ってみると、ぎりぎりのクオリティでのゼミ活動だった。企業の協力を得て実施するフィールドワークでもなければ、学生と過ごした時間を忘れてしまいそうだった。

孫たちのことに話を戻す。

小学校の門を初めてくぐる飛鳥と良介は、少し緊張して家を出て行った。どちらの男の子も、父親と手をつないで初めての通学路を歩いた。自宅から正門まで後ろからふたりについていったわたしたち夫婦は、父親と息子の男の子チームが、寄り添うように並んで歩いていくのを感慨深く眺めていた。

われわれの時代は、最初の登校日は、母親に手を引かれて門をくぐったように思う。門の前で、父親と記念写真に収まった記憶がない。いまは男子が子育てに積極的に参加している。

時代を反映しているようで、興味深い光景だった。長男と次男のわが息子ふたりが、とりたてて特別なことをしているようには見えないところが素晴らしくもある。

飛鳥と良介のふたりは、今年度の入学でラッキーだった。去年や一昨年の小学校への入学だとしたら、先生や同級生たちと教室や運動場で、直《じか》にコンタクトを取ることができなかったかもしれない。

育ち盛りの子供たちが、コミュニケーション上の問題を抱えて生きているのを見て心配になる。なんとなく、人的な接触に対しておどおどしている風に見える。

人間同士の距離が微妙に離れてしまっている。

ウイルスの感染は収まってはいないが、コロナもしだいに日常になりつつある。先生と生徒たちが、ダイレクトにコンタクトがとれる教育現場が戻ることを願ってやまない。

わたしは、教育現場が正常に戻る前に大学を去ることになってしまった。残念な思いで、この文章を書いている。

ぴかぴかのランドセルを背負って、新しい門をくぐる子供たちに幸いあれ。

悲惨な戦争で多くの人の命が失われようが、邪悪なウイルスが世界の人々におそい掛かろうが、未来を担うのは若い君たちなのだから。

第7章

この街と暮らす

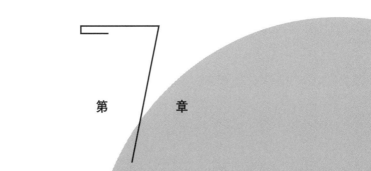

1 通勤道、ランニングコース、サイクリング・ロード

2022年4月21日(木曜日)

引っ越してから3年半が過ぎた。新しい日常とご近所さんとの交流が始まっている。これまでは、仕事で遠くまで出撃する人生を歩んできた。いまは自転車と徒歩圏が生活の中心になっている。

この街での暮らしが落ち着いて、よく行く場所が増えてきた。スマホのウォーキングソフトで歩数を計測している。1日5000歩前後の日がふつうなのだが、日々新しい発見がある。

●通勤道

最寄駅の高砂駅まで、自宅から徒歩4分。わずか4分の道のりなのだが、馴染みの店が何軒もできた。お腹が空いている夕方はとくに、この「通勤道」での誘惑が多い。

駅前には、ドラッグストアと2軒のスーパーがある。どちらもよく利用している。駅とは反対側の徒歩2分のところに、コンビニエンスストアがある。ここのメンチカツとコロ

ッケは安くてうまい。応援しているコンビニの競合店だ。

駅前のスーパーには、「わくわく整骨院」が入っている。足腰を痛めてからは、週1、2回のペースで施術を受けている。マッサージを受けながら、宮國院長との話題は「すすむさんの寿司ネタ」だ。


南口には、フラワーショップ「hana to midori」がある。3年前にご夫婦で開いたお花屋さんで、下町には珍しい洋花類を扱っている。わたしの友人が経営している世田谷の有名花店で30年ほど働いて、この街で独立した。

先日も、すすむさんの店に招待したかみさんの同僚の女性に、小さな花束をプレゼントした。ブーケの中に入る花の種類は、いつもわたしが選ぶ。バラやユリの産地を言い当てるので、店主さんは驚いていた。


北口には、イタリアンバルの「ナルバル」がある。わが家から徒歩1分。店主のナルさん（苗字らしい）はコロナ禍の2年間、店を休んで、九十九里辺りでサーフィンをしていたらしい。営業を再開してからは、店がきれいに改装されて、メニューも刷新された。

この店を開拓したのは次男である。将暉は仕事で遅くなったときに、ナルバルに寄ってから帰宅する。かみさんが仕事で遅くなって夕飯が確保できないとき、わたしにとってナルさんは、「緊急避難先」である。

駅とわが家の中間点にあるのが、鉄板焼きの「HOKUHOKU」（ホクホク）。店長の坂西《さかにし》さんは、中学でナルさんの後輩なのだそうだ。ここのメニューは、ネーミングが秀逸である。メニューと店の様子は後ほど。

●ランニングコース

足腰の痛みが落ち着いてからは、昔のように、自宅を起点に週3回ほど走っている。一番短いショートは、江戸川の土手まで走って帰ってくる5kmのコース。復路は、帝釈天の参道を通って戻る。草団子の「大和家」やあんみつの「船橋屋」に立ち寄るので、ポシェットには千円札を2枚入れて走っている。

ミドルは、8kmのコース。土手に出てから国道6号線の渡河橋《とかきょう》を渡って千葉側の対岸まで走る。松戸市の『野菊の墓』文学碑の記念像で引き返してくる。春先には、土手の斜面一面が、菜の花で黄色に染まる。秋になるとすすきの穂が伸びて、風が吹くと両サイドが波のようにたゆたう。季節の移り変わりを楽しむことができるコースだ。

ロングは、水元公園まで往復する12㎞コース。水元小橋で引き返してくると、10㎞コースになる。距離がそこそこ長いので、途中で走るのがしんどくなることがある。そのときは、路線バスに乗って金町駅まで行き、金町駅で京成金町線の電車に乗り換えて高砂まで戻ってくる。

●サイクリング・ロード

「サイクリング」と書くと、しゃれた感じに聞こえるが、実際のところは、お役所（今年からは「葛飾年金事務所」と「本田消防署」が追加になっている）や銀行、そして夕飯の材料の買い出しなど、「行かねばならない場所」に自転車を使って行っている。

たまに、水元公園までは自転車で行くこともある。このときは、対岸にある川魚料理の「川魚根本《ねもと》」まで、うなぎを食べに行くのが目的だ。桜のころや新緑・紅葉のころは、自転車で風を切って走れるので、実に気持ちがいい。

水元公園の脇にあるディスカウント精肉店の「藤森畜産」にも、ときどきお肉の調達に行く。ここは、鮨友の礼子さんから教えてもらった店である。

わたしが作る「ワンバーグ（わんすけ特製のハンバーグのこと）」の材料調達のためだ。小石川家では、ワンバーグはなかなか評判がよろしい。孫たちからリクエストがあると、せっせと自転車で材料を調達しに出かける。

2 天使の分け前

――2022年6月16日（木曜日）

鉄板焼きの店「HOKUHOKU」は、高砂駅とわが家のほぼ中間点にある。土地を購入して新居の建築が始まってから、しばしば工事の進行具合を見にきていた。その帰り道に見つけて、立ち寄るようになった店である。

2014年の開業で、店長は坂西さん。店のスタッフも、全員が20代~30代と若い。かみさんと最初に訪店したとき、「そんな頻繁にいらっしゃるのなら……」と店長に奨《すす》められて、ウイスキーをキープすることになった。サントリーの角を、小さなオークの樽に移したものだ。

ミニ樽のサイズは、1ℓ。しばらく置いておくと、オーク樽からウイスキーに香りが移って、香ばしくまろやかな味わいになる。月1回は来ているので、半年くらいのペースでミニ樽のウイスキーは入れ替えている。

店内の壁のほぼ全面が、黒板のパネルになっている。

オープニング・スタッフだったHANAさんという元美大生が、いまでもメニューの料理を、色チョークで黒板に描いている。料理の絵には、気の利いた短い説明文が添えられているのがうれしい。

わたしたちの最近のお気に入りメニューは、「白い恋人たち」。「明太子とポテトサラダとチーズが恋をした(♡)。略して、白恋」の説明がある。

そのほかにも、「豚キムチーズ」「天使のえび」「たこぽん」なども、色鮮やかな多色のチョークで描かれている。食欲をそそるドローイングだ。

お客さんも若い。ファミリー客や4~5人の友人同士のグループが多い。メインはお好み焼きで、他の料理のボリュームがすごいからなのだろう。

1カ月ほど前に、かみさんの仕事仲間が昇進したので、そのお祝いでHOKUHOKUに招待した。キャリアアップしたのは、マーニー救出劇でリーダーを務めてくれた佐藤バイヤー。

手帳を見たら、昨年末以来、5カ月のご無沙汰だった。5カ月も空いたので、ウイスキーの樽が空になっていた。誰かが勝手に飲んでしまったわけではない。わずかに残っていた分が、すべて蒸発してしまったのである。

「空になった樽が乾いてしまわないよう、焼酎を少量ですが補充しておきましたよ」と店長さん。

季節にもよるが、1カ月で樽の中のウイスキーは30～50㎖ほど自然に蒸発してしまうらしい。5カ月だと200㎖。コップ1杯分だ。

数年前に、ケン・ローチ監督のイギリス・フランス・ベルギー・イタリア合作の映画『天使の分け前』（The Angel's Share）を見たことがある。

タイトルの「天使の分け前」とは、ウイスキーやブランデーなどが樽の中で熟成していく間に、蒸発して中身が減っていく減少分のこと。

そういえば、「年に約2％ずつ減っていくのだが、〝天使に取られてしまう分〟があるから、ウイスキーは中身が凝縮されて美味しくなっていく」というようなことが映画のパンフレットに書いてあったのを思い出した。

お祝いだから、3人でとことん飲むと決めていた。

かみさんは、冷凍レモンを串刺しにした「最強レモン」。わたしと佐藤バイヤーは、定番のキリンブラウマイスターで出発。大騒ぎをしてしゃべって、とにかくよく食べた。

注文した料理は、だし巻き卵から始まり、白い恋人たち、ランプステーキ、お好み焼き、チャンピオン焼きそば、と続いた。

締めのデザートは、かみさんの大好きなフレンチトーストのアイスクリーム添え。よくぞ、この量をすべて食べ切れたものだ。

本日、大宴会から1カ月後のことである。

店の前を通りかかったら、坂西店長に声をかけられた。わたしのほうを見て、なんとなくニコニコしている。

「樽のウイスキー、もう飲みごろになってますよ。今日でなくもよろしいですが、早めにお立ち寄りください。樽のモルトが蒸発してしまいますから」

また間隔が空いてしまうと、「美味しいウイスキーの分け前を、天使に持っていかれてしまいますよ」、そう言いかったんだな。

3 「やきとりTOP」：旦那は骨を折った。わたしは心が折れた

2022年7月23日（土曜日）

京成立石駅のアーケード街に、仕事帰りに買い物に来ている。

お気に入りは、駅の階段下にある精肉店の「愛知屋《あいちや》」さん。白衣のおじさんが経木《きょうぎ》に包んでくれるコロッケは、本当に美味しい。店前に長い行列ができて、ものすごい勢いでコロッケが売れていく。

ところが、今日に限っては、ガラスケースの中がほぼ空っぽになっている。とんかつとアジフライが数枚残っているだけで、コロッケもメンチカツも完売の様子だ。

おじさんの背後には、衣をつけたコロッケやメンチカツが、いつもは山積みになっているのだが、今日はそれも見当たらない。

「もうおしまい？」とわたしが問うと、「そう、今日はもう店じまいね」とおじさんはそっけない。まだ夕方の5時半である。

仕方ないので仲見世のアーケードのほうに移動。から揚げかマグロの切り落としを買うことにしようと思ったときに、去年の3月に店を閉じた焼き鳥の店が、いまはどうなっているのか気になった。

ヨーカ堂の角を左に曲がったら、おやおや、お店は昔のままの佇まい。看板もそのまま「やきとりTOP」で変わっていない。

店舗横に貼り紙がしてあった。「しばらくの間　お休みします」とある。3月で店は閉じたはずだったのだが、しばらくお休みするだけという意味なのだろうか？

店の入り口のほうに回ると、もう1枚の貼り紙を見つけた。「営業について　木曜日金曜日　土曜日　17時30分〜22時」となっている。どちらの貼り紙も謎《なぞ》だった。

旧店舗の電話番号は知っているが、店主の寺本《てらもと》さん個人の連絡先は知らない。TOPは、かみさんの実妹が開拓した店である。わたしがTOPに足しげく通うようになったのは、引っ越しの少し前くらいからである。それにしても、安くて美味しい焼き鳥屋さんを失うのはとても惜しかった。

かみさんの妹の旦那、つまり義弟に連絡して事情を話すと、寺本さんの携帯番号を教えてくれた。

寺本さんと無事連絡がとれて、電話で話すことができた。

「三十年来のお客さんが、退職してお店を引き継いでくれたのですよ。わたしらが前の年から店を閉じると宣言してたから、それなら自分たちに任せてもらえないか」と申し出てくれたとのこと。元の常連さんは、TOPの屋号をそのままで、造作《ぞうさく》も変えずに居ぬきで店を継承することになったのだった。

ここでムクムクと、経営学者の興味が湧いてしまった。

「いつかお話を伺いたいと思っていたのです。来週のどこかで、お時間をいただけませんか」。お店のテーブル席で、できれば奥さんもご一緒にというお願いをした。そして、翌週の金曜日に、ご夫妻との再会を約束してもらった。

金曜の夕方5時半前に、寺本さんがひとりでお店に来て、わたしを待ってくれていた。「TOPの灯を消したくない」と申し出てくれたご夫妻を紹介してくれた。奥さんのほうは、少し遅れて参加してくれるそうだ。

ご主人の寺本啓二《けいじ》さんは熊本の出身、奥さんの幸子《さちこ》さんは、墨田区の出身。60代後半のご夫婦だ。

寺本さんは、高校卒業後に上京して、首都圏で国鉄職員として働いていた。将来は飲食店をやりたいと思っていたので、国鉄勤務時代に調理士免許を取得したのだという。

退職したのは、29歳のとき。その年の7月に、現在の場所で、焼き鳥屋をオープン。最初は、フランチャイズチェーンの加盟店として営業を始めたそうだ。てっとり早く商売を始める方法だ。

5坪の小さなお店でスタート。そして、開店の翌月に、幸子さんが啓二さんの目の前に現れる。

幸子さんは、立石のスイミングクラブに通っていた。友人と3人で、寺本さんの店の隣にあったうなぎ屋に、スイミングの帰りに立ち寄ったのだが、その日は、うなぎ屋がたまたま休みだった。3人は、隣で開店したばかりのやきとり屋に入ることになる。

銭湯に行けないくらい、忙しいときだった。念のために付け加えておく。

「店の水道でシャワーを浴びていました」（啓二さん）

8月で夏の真っ盛りである。女子3人は、焼き鳥と一緒に冷たい飲み物を注文した。しかし、オーダーを受けた飲み物に使う氷の在庫が切れていた。

「氷がないんで、買いに行かないとね。すまないけど、店の留守番を頼むね」と啓二さん。

「店の人が、店を空けてどうするのよ！　わたしが行ってくるわよ」と幸子さん。

幸子さんの剣幕に押されて、啓二さんはひるんだにちがいない。近くのコンビニで、幸子さんが氷を買ってくることになった。

ふたりの絶妙な関係は、その後も続くことになる。船長は幸子さんで、「缶焚《かまた》き」の機関士が啓二さんである。

その翌年の1月に、ふたりは結婚にゴールイン。10月には長女が誕生した。


狭隘な5坪の店で営業を続けた。10年ほど経ったころ、隣のアパートの場所を借りることができた。アパートの建物と店をつないで、縦長の店に改装した。

改装した翌年に、フランチャイズから抜けて、いまの店名の「やきとりＴＯＰ」で再出発している。店名は、啓二さんが国鉄時代に趣味だった登山に由来しているのだそうだ。トップは頂上の意味で、「いつも一番トップでいたい」という啓二さんの仕事に対する信条だった。

駅近で徒歩2分。店舗面積が3倍に広がったら、急に商売が繁盛し始めた。翌年には、来店客が1日100人を超えた。最盛期には、3人〜5人のアルバイトを雇っていたこともあった。

しかし、焼き鳥の串を、啓二さんが全部ひとりで焼いていたことが問題だった。商売繁盛はよいのだが、夕方から深夜までの重労働で、啓二さんの体がもたなくなっていった。49歳のとき、啓二さんが胃癌になった。胃を切除する大手術を受けて、2カ月間、店を休業することになる。

いろいろな苦労はあったが、子育てが一段落して、奥さんの幸子さんが店に出られるようになる。次女が10歳になったからだった。

その後のことになる。啓二さんは、いまから6年前にキッチンで重いものを持ちあげたときに、圧迫骨折をした。4年前には2度目の骨折を経験する。どちらの場合も、2カ月間、やきとりTOPは休業せざるをえなくなった。

3年前、3度目の圧迫骨折がとどめになる。

幸子さんは、その段階で腹をくくったようだ。

「旦那は、骨を折った。わたしは、心が折れた」（幸子さん）

幸子さんから啓二さんに引導が渡された。

「体がぼろぼろになる前に仕事をやめて、残された時間で5年は楽しく遊ぼうよ」(幸子さん)

店を閉じてから、啓二さんは毎日、自宅の周辺を歩いている。気分転換と健康維持のためである。

せっかちな啓二さんは、ただ歩くだけだと我慢ができないようで、ずいぶんと長い距離を走ってしまうのだそうだ。わたしのジョギングコースも、啓二さんの散歩コースに入っているらしい。

3度の圧迫骨折と胃癌の手術のあとで、75kgあった啓二さんの体重は、いまでは50kgに。170cmの身長は、165cmに縮んでしまった。でも、目の前で話している啓二さんの顔は、とても血色がいいように見える。

金曜日の夜、常連さんが引き継いでくれた新生「やきとりTOP」で、ふたりでお店をやっていたころの話を伺った。夏の間にお店を閉めて、生まれ故郷の熊本まで家族で旅した。7人乗りの自動車で、ツーリングを楽しんだのだそうだ。

また、常連さんに店を譲った今年の3月には、夫婦ふたりだけで九州から四国・山陰まで6000㎞を車で走ってきたという。

「そのまま北上して、東北地方まで行きたかったけど大雨になってしまって」（幸子さん）

「秋になったら、中断した旅を再開したいね」と啓二さんは、子供のように目をキラキラさせながら話していた。

もしかすると、次の旅はお孫さんたちも一緒だろうか？

ご夫婦で、長生きをしてくださいね。

4 われら葛飾本田消防団

2022年9月12日（月曜日）

高砂駅の北口と南口は、開かずの踏切で分断されている。

北口で電車を降りるわたしのような「北口の人」が、南口の店に行くことはめったにない。高砂地区センターで期日前投票をするなど、特別な用事でもなければ、踏切を渡って「南下すること」はありえない。

にもかかわらず、南口にある「寿司ダイニングすすむ」さんには、月に2〜3回の頻度で途切れなくお世話になっている。

すすむさんの店は、時間をかけて踏切を跨《また》いでも行く理由があるからだ。ふらりと立ち寄ると、礼子さんのような鮨友がカウンターに座っている。消防団の活動や、葛飾プレミアム商品券の抽選や引き換えに関する情報が集まってくる。すすむさん自身も、地域の世話役として活動しているからだ。

お店は、商売面でも優れたサービスと商品を提供している。寿司ネタが新鮮なうえに、値段がリーズナブルである。だから、店内はいつも満席である。カウンター越しのサービスも、押しつけがましくない。常連さんたちが、軽妙な会話を交わすアットホームな雰囲気も心地がよい。

店主の本名が「金井進一《かないしんいち》さん」であることを知ったのは、ずいぶんと時間が経ってからのことである。名前を知った以降でも、常連さんたちのように「しんちゃん」ではなく、変わらず店名の「すすむさん」と呼んでいる。

ある日、すすむさんから思わぬ誘いを受けた。

「先生、葛飾区で消防団員が不足しているんです。応募してみられません？」と声をかけられた。葛飾区も高齢化が進んで、消防団員の補充で困っているらしい。

「マラソンを走ってるから、そりゃ人よりは体が丈夫だと思うけど。もう還暦はとうの昔に過ぎていますよ。消防団員って、仕事がハードそうじゃない」

「いえいえ、75歳までは、本田消防署の消防団員として現役で活躍できるんですよ」


自称「制服フェチ」のすすむさんは、団員の制服など5点セットがお目当てで入団したらしい。わたしも制服好きなので、気持ちはわからないでもない。

店の小上がりの壁には、消防団の制服がかかっている。夏服、冬服、活動服。それに、帽子にヘルメット。さながら制服のショールームになっている。消防団の制服は、とにかくかっこいいのだ。

動機は不純であったにせよ、すすむさんは、いまや第11分団ではリーダー的な存在である。このごろは、新入団員のリクルーティング活動でも活躍している。


そう言えば、周囲を見渡してみると、わたしより先に退職して現役を引退した友人たちも、それぞれの地域でボランティアとして活動している。

彼らに倣って、「葛飾区で消防団員のユニフォームを着て、地域に貢献するのも悪くはないな」と思った。東京の下町に引っ越してきたのも何かの縁である。定年の先に、もうひとつの生き方を見つけたような気がした。

そんなわけで、常連さんたち何人かと一緒に、葛飾区の消防団に入団することになった。

ところが、「消防団員になる」と宣言してから早くも半年が経過している。とりあえずやるべきことは、入団願いにサインをして、医療機関で、健康診断を受けることだけである。しかし、仕事の忙しさにかまけて、すすむさんから渡してもらった入団願いを机の引き出しに入れたまま、書類に署名することを怠っていた。

そんなわたしに、先日、「葛飾区消防団点検」という行事があることをすすむさんが教えてくれた。「早めに入団願いを提出してくださいね」というわたしに対する動機付けなのだろう。

「先生のようなインフルエンサーが消防団に入っていただくと、大きな影響力がありますから」(すすむさん)

当日のプログラムを教えてくれた際には、ヨイショのコメントが付いてきた。大いなるプレッシャーだ。

一足先に、団員の登録を終えている友人の中松夫妻も、消防団員の制服を着て行事に参加するらしい。


晴天の昨日、「令和4年葛飾区消防団点検」を視察に行ってきた。場所は、水元公園の第一駐車場。葛飾区は、金町消防団と本田消防団のふたつのブロックで構成されている。

わたしたちの所属は、本田消防団ということらしい。ただし、血液検査と視力・聴力検査に合格して、身長と体重の測定が終わり、入団願いが受理されれば、の話ではあるが。


すすむさんご夫妻と一緒に、団員の活動の様子を見学してきた。

デモンストレーションが「消防点検」と呼ばれているのは、ふだんの練習が実践で通用するかどうかを確認（点検）するためだろうと思う。一部のお年寄りの動作を心配しながら見ていたが、全体としては見事な演技だった。

ふたつの消防団による合同消防点検は、コロナのために3年間中止になっていたらしい。今回、わたしは見物人の側にいたが、本田消防団の正規団員になったすすむさんと、中松さんご夫妻が消防団の制服を着て整列していた。

消防団員の制服には、「TOKYO METROPOLITAN（消防団）」とネームが入っている。「Fire Department」と、全部を英語にしたら、もっとかっこいいのにと思ってしまった。

ちなみに、現在、葛飾区の消防団員は、男子691名、女子172名。可搬ポンプ車は74台だそうだ。


消防団の活躍を見学した翌日、俄然《がぜん》わんすけは、やる気を見せた。遅ればせながら、団員の入団願いに署名をして、地区リーダーのすすむさんに提出した。そして、先ほど、本田消防署の消防団担当から電話があった。

申請は受理されて、来月（10月）の11日に、立石の東立病院で健康診断を受けることになっている。

大いに心配なことがある。しばらく、たぶん2カ月ほどアルコールを抜いていない。血液検査が心配だ。ガンマGTPの値が、C判定にならないだろうか？　尿酸値は基準値に収まっているだろうか？

聴力の衰えも気になる。もともと人の話を聞こうとしないところがある人間なのだが、このごろは冗談ではなく、人の声が聞きとりにくくなっている。不安のタネは尽きない。

消防団担当の方に、しつこく尋ねたところ、葛飾区管内の消防団では、健康診断の結果が理由で、入団できなかったケースは、稀なことらしかった。

「健康診断が終わったら、制服など一式をお渡しします。病院には、わたしのほうから事前に希望された日時を連絡しておきます」

何ができるかわからないが、健康で体を動かせるうちは、消防団員として葛飾のために貢献したいと思う。

5点セットを受け取ったら、わが家のどこに飾ろうか？　いまからわくわくである。

孫たちも、制服とヘルメットを見たら、飛び上がって喜びそうだ。もちろん、一番、制服の到着を心待ちにしているのは、わんすけ先生なのだが。

あとがき

子供のころ、小説家になりたかった。35歳で大学教授になったが、物書きになる夢を忘れなかった。座右の銘は、「有言実行」である。言い続けていれば、書き続けていれば、偶然がいつか必然を引き寄せてくるものだ。そう考えて生きてきた。

1年前の7月9日のことである。北区赤羽マラソンを走るため、上野行きの京成電車に乗っていた。ふと見ると、つり革の脇に「かつしか文学賞」の募集広告が目に入った。ポスターの絵柄は、鮮やかな青空の背景に白い雲。夏空があることを思い出させた。

法政大学を退職するにあたって、自著で49冊目になる『青いりんごの物語：ロック・フィールドのサラダ革命』を約300名の友人に献本し、「教授から作家への転身」という挨拶文を同封しておいた。退職にあたって、物書きへの転身を宣言したわけである。

漠然とした構想は、ずいぶん前から頭の中にあった。東京の下町に引っ越してからブログに書き溜めていた短編（「柴又日誌」に収録）を編集して、『商人版：東京下町物語』として直木賞に応募してみようと思っていた。その後、元同僚で友人のミステリー小説作家・前川裕《まえかわゆたか》さんから、「直木賞は応募形式の賞ではないですよ。小川さん（笑）」と教えてもらった。無知のなせる業である。

直木賞の選考方法を知ったあとだったので、「かつしか文学賞」への応募話が舞い込んできたのだと、自分に都合よく解釈したわけである。電車の中で見たコピーは鮮烈だった。

――舞台は葛飾。心に響く小説（はなし）をください。――

応募してみたい気持ちになった。心に響いて、心を打つ。そんな話の連作を書いてみたい。ところが、文学賞の締め切りまでは、100日弱。何の準備もしていなかった。

そこに、強力な助っ人が現れた。ビル・ジョージ著『True North：リーダーたちの羅針盤』（生産性出版）で、一緒に翻訳をしてくれた林《はやし》麻矢《まや》さんである。わたしの文章を読んで、節ごとに編集作業に参画してくれた。彼女なしには、作品の提出ができなかっただろう。

締め切り（10月8日）の前日に、応募作品を駅前のポストに投函できた。提出期限には間に合ったのだが、翌年3月の優秀賞の発表では、『わんすけ先生、消防団員になる。』は優秀作品に選ばれなかった。それどころか、佳作の3篇にも残れなかった。

大いに落胆していたところへ、京都の娘から励ましのメールが届いた。「ちち（父）、著作権が保持できたからラッキーじゃない。小説として出版できるじゃん……」。そうか、受賞してしまえば、著作権は葛飾区に移管される。賞金の100万円と引き換えに、自分で好きなように作品を出版できなくなるのだった。

2011年に『しまむらとヤオコー』の編集を担当していただいた小学館の園田健也さんに連絡をとってみた。応募作品を小学館から出版できないかという相談である。園田さんからは、「小学館スクウェア」という子会社があることを教えてもらった。

自費出版部門の担当者につないでいただき、今年の9月中の刊行を目途に、出版のスケジュールを組んでもらった。本の装丁は、『しまむらとヤオコー』や『青いりんごの物語』などでお世話になった「ナノナノグラフィックス」にお願いすることになった。アートディレクターのおおうちおさむさんには、いつものように素敵な装丁にしていただいた。なお、表紙デザインは、京都の娘が描いたスケッチ画が元になっている。

葛飾に引っ越してから、わたしの生活が大きく変わった。地元で商売をしている方たちや、ご近所さんとはずいぶん親しくしていただいている。昨年の11月には、本田消防団の団員になった。東京消防庁に所属する準公務員である。

本書は、地元の人たちとの交流を横糸に、関西（神戸・京都）と東京下町に分かれて暮らしている子供や孫たちが成長していく様子を縦糸に描いた私小説である。そして、『わんすけ先生、消防団員になる。』は、自分史でもある。

回想場面では、懐かしい出来事を挿話として取り入れている。秋田で暮らした子供のころ、学部や大学院時代の話、米国留学や千葉での暮らしを描くことを通して、苦しくも楽しかった過去を振り返ってみている。

本文中では、わたしを含めて3親等までの近親者は仮名《かめい》にしてある。それとは逆に、ご近所さんや商売関係の方は、ご本人の了解を得たうえで、実名で作品には登場していただいている。その方が自然だと考えたからだが、プライバシーに関わる記述もあるので、ご迷惑がかからなければよいがと心配はしている。

物事には、すべて終わりがあるものだ。本書を執筆した理由が、もうひとつある。それは、わたしが愛おしく感じている人々を記録に残しておくためである。両親や美代子おばさん、いまは亡き肉親や友人たちが、本書の中にひっそりと登場してくる。

過ぎ去った時間は取り戻せないが、書くことで蘇らせることができる人もいる。それこそが、物書きの特権だと思っている。50年の長い時間をかけて、途中で諦めることなく、小説家としてデビューができたおかげである。

2023年七夕の日

小石川一輔（こいしかわ・いちすけ）

本名　小川孔輔（おがわ・こうすけ）。経営学者。法政大学名誉教授。エッセイスト。一般社団法人日本フローラルマーケティング協会会長、MPSジャパン株式会社取締役、東京消防庁葛飾区本田消防団員などを務める。

わんすけ先生、消防団員になる。

2023年10月12日　初版第1刷発行

著者　小石川一輔

発行　小学館スクウェア
〒101-0051
東京都千代田区神田神保町2-19　神保町SFII　7F
TEL　03-5226-5781
FAX　03-5226-3510

印刷・製本　中央精版印刷株式会社

装丁・デザイン　おおうちおさむ、山田彩純（ナノナノグラフィックス）

Printed in Japan ISBN978-4-7979-8860-4
JASRAC 出 2305151-301